밥장님!
어떻게
통영까지
가셨어요?

밥장님!
어떻게
통영까지
가셨어요?

글 그림 **밥장**

남해의봄날 ●

목차

CHAPTER 3. 통영살이는 사람이었다

설렘을 찾아 무게중심을 옮기다

나는 일러스트레이터다. 2003년 회사를 나와 사업자등록증을 내고 줄곧 프리랜서로 살았다. 누군가 화가냐 화백이냐고 물으면 일러스트레이터라고 정중히 대답한다. 그러면 '아, 만화가이시구나'라며 고개를 끄덕거린다. 설명하면 길어질 것 같아 비슷한 일이라며 얼버무린다. 밥장을 검색하면 대한민국 3대 일러스트레이터라고 나온다. (밥장은 영어 이름이다. Bob Chang. 밥을 잘 먹거나 잘해서 밥장이 아니다.) 몇 년 전 인터뷰에서 기자는 내게 어느 정도인지 물었다. 얼마나 버는지 물어본 거였다. 우리나라에서 세 번째로 1, 2위는 계속 바뀐다고 대답했다. 고개를 갸우뚱거리더니 이내 진지하게 받아 적었다. 덕분에 관공서나 학교에서 강의하면 꼭 '현재 대한민국 3대 일러스트레이터이며…'라고 소개한다. 거품도 오래되면 단단해진다는데 이러다 진짜 그렇게 되는 게 아닌가 싶다. 기자는 좋아하는 일을 하면서 먹고살 수 있는지도 물었다. 그럴 수도 있고 아닐 수도 있다. 하지만 좋아하는 일을 하면 다른 사람으로 바뀐다. 좋아하는 일을 할수록 내가 좋아하는 것들이 자꾸 늘어난다.

나는 경제학을 전공하고 장교로 군대를 다녀와 ○기업에 입사했다. 매일 아침 양복 바지를 다리며 어떤 넥타이를 맬까 고민했다. 연신내에서 역삼동까지 지하철로 출근했다. 회사에 도착하면 믹

스커피로 아침을 때웠다. 하루 종일 파워포인트 → 엑셀 → 워드 또는 워드 → 엑셀 → 파워포인트를 넘나들면서 문서를 만들었다. 퇴근 뒤 회식은 또 다른 일이었다. 회식을 마치고 허겁지겁 막차를 타면 양복 바지는 한껏 구겨진 채 고기 냄새를 풍겼다. 꿈이나 미래, 좋아하는 일처럼 쉽게 손에 잡히지 않는 것은 금세 잊혀졌다. 대신 월급과 보너스, 주말에 몰아 자는 잠이 그 자리를 메웠다. 십 년을 그렇게 살았다.

회사생활은 꽤 즐거웠다. 대기업에 정보통신 쪽이라 월급도 많았다. 능력 있는 상사 덕분에 일도 꼼꼼하게 배웠다. 엑셀로 간단한 함수도 짤 수 있고 계약서도 직접 쓴다. 대차대조표나 손익계산서도 볼 줄 알고 소득세 정산도 세무사 도움 없이 스스로 한다. 회사 다니며 가장 좋았던 걸 꼽으라면 명함이다. 내 이름 위에 회사 이름이 새겨진 걸 볼 때마다 내가 어떤 사람이고 어떤 일을 하고 있으며 어느 정도 먹고사는지 증명해 주는 듯했다. 지갑 가득히 명함을 채워 두면 몹시 든든했다. 명함 지갑은 연료통이나 다름없었다. 그땐 미처 알지 못했다. 회사는 결코 내가 아니란 사실을 말이다. 세상에는 두 종류의 사람이 있다. 지금 프리랜서인 사람과 앞으로 프리랜서일 사람.

그림을 시작할 때 두렵지 않았냐는 질문을 많이 받는다. 처음에는 뭐든 두렵다. 두발 자전거를 탈 때도 무섭고 운전하는 것도 무섭다. 데이트도 무섭다. 결혼도 무섭(고 이혼은 열 배 더 무섭)다. 하지만 그래도 페달을 밟고 기어이 학원에 다니고 끊임없이 문자를 날리며 부지런히 돈을 모은다. 두렵다는 건 아직까지 해 보지 못했다는 말 이상도 이하도 아니다. 통영으로 떠날 때도 마찬가지였다. 서울에서 일이 다 끊길 수도 있고 통영에서 한 푼도 못 벌 수도 있다. 하지만 안정되면 권태롭다. 설레면 두렵다. 안정과 권태, 설렘과 두려움은 동전의 양면과 같다. 안정과 설렘만 떼어 내 한 바구니에 담을 순 없다.

설레면 두렵지만 재미있다. '재미있다'의 반대말은 '재미 없다'가 아니다. '뻔하다'이다. 뻔하면 예측할 수 있다. 예측할 수 있다면 두렵지 않다. 두렵지 않다면 설렐 수 없다. 설레지 않으면 재미가 없다. 안정된 인생이란 뻔한 인생이다. 뻔한 인생은 재미없다. (재미없다고 가치 없는 건 아니다. 재미없지만 의미 있는 걸작도 꽤 많다.)

통영에 오면 그림을 시작할 때의 나로 돌아간다. 두려워도 괜찮다. 두려우니까 재미있다. 삼칭이길을 따라 걸어도 재미있고 혼자 저녁거리를 마련해도 재미있다. 아무도 없는 평인일주도로를 한 바퀴 도는 것도 즐겁다. 얼마 전 새로 문을 연 공간에서 낯설고 멋진 여성들 모두와 아주 멋진 남성 몇몇과 수다를 떠는 일은 말할 것도 없다.

그렇게 설렘을 찾아 삶의 무게중심을 통영으로 옮겼다. 그렇다고 1년 내내 통영에만 머무르는 건 아니다. 일러스트 일을 맡기는 고객은 여전히 서울에 몰려 있고 여행하면서 그림 그리는 일 또한 꾸준히 하고 있다. 그러다 보니 당일치기로 서울로 다녀오거나 여행을 떠나는 일도 많다. 처음에는 편도로 네 시간 넘게 서울행 버스를 타는 일이 무척 지겨웠다. 하지만 이제는 음악을 듣거나 〈기묘한 이야기〉 에피소드를 챙겨 보다 보면 어느새 통영이고 서울이다. 이렇게 통영에 돌아와 친구들과 밤새 수다 떨고, 재미있는 프로젝트를 기획하고, 제철 음식을 나눠 먹으며 보낸 일상을 꾸준히 그림일기로 그렸다. 서울에 갔거나 여행을 떠났을 때를 빼고 통영에 머무른 날에만 적다 보니 그림일기 기간이 몰려 있기도 하다. 천천히, 그러나 확실하게 통영으로 중심을 옮기며 경험한 지난 3년간의 그림일기와 글을 이 책에 소개한다.

미가
싶다

통영에서
길을찾다 **통로**

미륵미륵

통영에서 길을

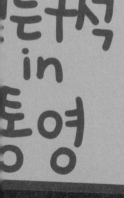

는구석
in
통영

CHAPTER 1.

서울 바깥은
서울에 없는 것들로
가득하다

키쳐일링(one wave)
더기귀꾸기대신

서울내기,
통영을 고향으로 물려받다

정확히 기억한다. 2010년 6월 9일이었다. 홀로 차를 몰아 서울을 빠져나왔다. 다섯 시간을 달려 통영에 도착했다. 하늘은 맑았고 바다도 경쟁하듯 반짝거렸다. 서호시장 만성복집부터 들렀다. 졸복탕에 호래기(꼴뚜기) 젓갈을 곁들여 허기를 달랬다. 중앙시장 뒷골목을 따라 동피랑에 올랐다. 강구안이 한눈에 들어왔다. 구판장 할머니는 얼음 띄운 믹스커피를 종이컵에 내주었다. 빨간 비치파라솔 아래 낡은 플라스틱 의자에 앉아 포구를 내려다보았다. 신발을 벗고 의자를 끌어당겨 발을 걸쳤다. 시원한 바닷바람과 비릿한 냄새에 취해 깜빡 잠이 들었다.

미륵도 유람선터미널에서 한산도 가는 배를 탔다. 평일이라 관광객은 거의 없었다. 파도는 여리게 잘그락거렸다. 소나무들은 매끈하게 솟았다. 미륵도로 돌아와 해안도로를 달렸다. 달아공원 언덕에서 바다를 보았다. 땅콩 같은 섬 사이로 해가 잠겼다. 소녀는 짧은 치마를 애써 당기며 바위에 앉았다. 커다란 헤드폰을 낀 소년은 귤빛 바다를 등지고 들풀을 찍었다. 카메라를 든 아저씨는 사라지는 빛까지 알뜰히 챙겼다. 회를 사러 활어시장에 들렀다. 붉은 '다라이(큰 대야)'에 싱싱한 생선을 담아 팔았다. 꼬리 지느러미가 퍼덕거리는 바람에 바짓가랑이가 젖었다. 오랫동안 통영에 머물렀던

후배가 알려준 단골 아지매를 찾았다. 통영 사투리에 말까지 빨라 알아듣기 어려웠다. 오늘은 돔이 좋다는 것 같았다. 짧게 닳은 칼로 포를 뜨고 마른 수건으로 물기를 바싹 거둬 낸 다음 빠르게 회를 떴다. 우럭 한 마리도 덤으로 떠 주었다. 서울 간다니까 아이스박스에 얼음을 담아 싸 주었다. 계산을 하려니 손사래를 쳤다. 돈은 이미 후배가 냈다고 했다.

할아버지와 아버지는 통영에서 나고 자랐다. 나는 청량리 위생 병원에서 태어났다. 호적법이 있던 때라 통영을 법적 고향인 본적으로 물려받았다. 어머니는 통영에도 잠깐 살았다고 하지만 서울에 산 기억밖에 없다. 서울에서 태어나고 통영을 물려받았지만 둘 다 고향으로 여긴 적은 없었다. 서울내기로 시골내기가 아니라는 데 만족했다. 하지만 통영에 다녀와서 조금 달라졌다. 반짝이는 햇살과 우악스럽지 않은 바다, 올망졸망한 섬들이 마음에 들었다. 몸은 여전히 서울이었지만 마음은 조금씩 푸르게 물들었다. 통영에 머물며 좀 더 알고 싶었다. 마침 〈나는 일러스트레이터다〉 출간 날짜가 잡혔다. 이참에 통영에서 원고 쓰면서 몇 달 살아 보기로 마음먹었다.

첫 번째 통영살이:
조용하고 외로운 바닷가 원룸

'딱 한 달만 혼자 조용한 바닷가에서 살고 싶다.'

마흔을 넘긴 대학 친구들을 만났다. 부동산과 재테크 이야기뿐이다. 여자 이야기도 나왔지만 담백하게 끝났다. 한 녀석은 마누라와 자식 떼어 놓고 며칠 푹 쉬고 싶다며 소주를 털어 넣었다. 술자리를 마치고 친구들은 집으로 돌아갔지만 난 통영에 왔다. 6월 말 죽림에 방을 얻어 7월부터 석 달 동안 머물렀다. 방은 어렵지 않게 구했다. 거제 사는 분에게 전화로 부탁하니 하루 만에 구해 주었다.

다세대주택 2층 원룸으로 10평이 조금 안 되었다. 전기세와 관리비를 포함해서 석 달치 월세를 한꺼번에 냈다. 노트북, 옷 몇 벌, 오디오, 밥그릇과 접시, 에스프레소 머신을 챙겼다. 냉장고, 세탁기, 가스레인지와 개수대는 잘 갖춰져 있었다. 책상으로 쓸 테이블만 이케아에서 따로 주문했다. 관광안내소에서 받은 통영 지도를 벽에 붙였다.

죽림에서 보내는 하루는 단조로웠다. 아침에 일어나 우유와 에스프레소를 마셨다. 미리 삶아 둔 계란을 먹고 조그마한 빗자루로 방을 쓸었다. 하루종일 원고를 썼다. 글이 막히면 책을 읽거나 그림을 그렸다. 바람을 쐬러 연화도나 욕지도 가는 배를 타기도 했다. 활어시장에 들러 저녁거리를 샀다. 단골 아지매는 돌돔, 우럭, 자리돔 등 알아서 회를 떠 주었다. 회와 맥주로 저녁을 먹고 바닷가를 걸었다. 찬물로 씻고 라디오에서 나오는 음악을 들으며 잠들었다.

석 달을 머물렀지만 아는 사람이라고는 아버지 친구인 ㅇ약사님, 활어시장 아지매 그리고 ㅅ의원 의사뿐이었다. 엉덩이에 커다란 종기가 나는 바람에 몇 주 동안 ㅅ의원을 오가며 항생제 주사를 맞았다. 의사는 내 엉덩이 종기를 손수 휴대전화로 찍어 보여 주었다. 아는 사람 하나 없는 통영은 나가사키나 포르투와 다를 바 없었다. 이때만큼 관광명소를 부지런히 다닌 적도 없다. 다녀온 곳은 지도에 빨갛게 표시했다. 석 달이 가까워지자 지도는 빨간 동그라미로 가득했다.

죽림은 행정구역으로는 광도면 죽림리인데 바다를 메워 만든 신도시다. 우리나라 여느 신도시처럼 아파트 단지와 다세대주택, 마트와 상가들이 늘어서 있다. 바닷가를 따라 산책로가 뻗어 있어서 그나마 덜 삭막했다. 해가 저물고 바람이 불면 사람들이 모였다. 산책하거나 땀을 흘리며 달리거나 조용히 해 지는 바다를 바라보았다. 돗자리를 깔고 삼겹살을 굽기도 하였다. 한데 어울리지 않을 법한데 그런대로 괜찮았다. 나도 그 틈에 끼여 매일 한 시간씩 걸었다.

하루는 조금 일찍 산책로에 나왔다. 벤치에 앉아 어두워지는 바다와 스티로폼 부표를 보며 맥주를 마셨다. 친구들이 보고 싶었다. 그래야 그들처럼 돗자리 깔고 삼겹살을 구울 것 같았다. 하지만 친구들은 거의 오지 않았다. 그나마 온 친구도 돌아갈 길이 멀다며 저녁만 먹고 떠났다. 석 달이 되기 전에 짐을 챙겨 서울로 돌아왔다. 그 뒤로 한동안 통영에 가지 않았다.

두 번째 통영살이:
길 찾기 어플로는 찾을 수 없는 집

2016년 10월 통영을 다시 찾았다. 6년 만이었다. 미수동 동사무소를 고친 아동센터에 친구인 김 대표와 함께 빨간 로봇 조형물을 세웠다. 직접 현장에 가서 벽화를 그리는 일을 하며 전국을 돌아다녔다. 맛있는 음식과 친절한 사람들, 숨과 쉼이 살아 있는 자연까지, 서울 바깥은 서울에 없는 것들로 가득했다. 서울에서 살지 않아도 괜찮을 것 같았다. 그때부터 서울에 중심을 두지 말자, 바깥에서 살아 보자고 마음먹었다. 지방으로 갈 때마다 살 만한 집을 알아보았다. 통영에서도 알아보았다. 마침 통영이 고향인 아동센터 소장이 발 벗고 나섰다. 3개월 뒤 당동에서 오래된 주택을 보았다. 그날 바로 계약했다. 해묵은 충동, 물려받은 고향, 통영에서 보낸 한 철 모두 힘을 내어 나를 통영으로 떠밀어 낸 기분이었다.

다들 집을 샀다니까 왜 하필 당동이냐고 물었다. 동피랑처럼 관광객이 많거나 죽림이나 무전동처럼 편리하지도 않으니 말이다. 당동은 통영 운하를 바라보는 남쪽 언덕에 있어 볕이 잘 든다. 동네 주민 대부분이 어르신들이라 무척 조용하다. 무엇보다 작은 마당과 탁 트인 옥상이 마음에 들었다. 집으로 찾아오려면 당동교 밑까지는 쉽게 올 수 있다. 그 뒤로는 조금 어렵다. 차가 다니지 못하는 길이라 길 찾기 어플도 소용없다. 사람만 다니는 골목을 따라 짧은 언덕을 오르면 우물이 나온다. 우물물은 채소를 씻거나 허드레로 쓴다. 우물을 지나 두 번째 집이 나오면 도착이다. 낮은 담장 너머 스무 평 남짓한 마당에 정원이 딸려 있다. 동백, 작약, 수국, 장미, 히아신스, 향나무와 커다란 로즈메리가 자란다. 옥상에 오르면 왼쪽으로 한산섬과 통영국제음악당, 조선소가 보인다. 충무교와 당동교를 지나 통영대교까지 차례로 보인다. 멀리 미륵산에는 케이블카가 오르내린다. 이 집은 1984년에 지었고 오랫동안 지장암으로 불렸다. 할머니 홀로 부처님을 모셨는데 나이가 들면서 아들이 할머니를 모시게 되어 집을 내놓았다. 천장에는 연꽃이 빼곡히 달려 있었고 큰방에는 부처님이 앉아 있었다. 김 대표와 반반씩 돈을 내어 샀다. 공간 디자이너인 그가 공사를 도맡았다. 이제 지장암은 '믿는구석통영'이 되었다. 누구에게나 믿는 구석이 필요하다는 뜻으로 지었다.

'믿는구석'의 역사는 3년 전으로 거슬러 올라간다. 난 은평구에서만 30년 넘게 살았다. 집 근처 버스 종점 부근 조그마한 1층 상가를 샀다. 믿는구석이라고 이름 붙였다. 작업실이었지만 친구들과 맥주를 홀짝거리며 수다를 떨었다. 천장에 달아 놓은 미러볼은 밤새 반짝거렸다. 믿는구석통영은 두 번째 믿는구석이다.

믿는구석통영이라니까 펜션이나 게스트하우스쯤으로 여기는 사람도 있다. 빈방 있는지 하루에 얼마인지 물어보기도 한다. 믿는구석통영은 그냥 집이다. 나와 친구 그리고 우리가 좋아하는 사람들을 위한 집이다. 집에 모르는 사람을 들이지 않는다. 초대한다고 대뜸 찾아올 리도 없다. 친구나 친구가 되길 원하는 사람들만 골라 받는 까칠한 곳이다.

5월에 집들이를 했다. 서울 친구들과 통영에서 새로 사귄 친구들 모두 불렀다. 통영에서 알게 된 김 셰프가 마당에 음식을 차렸다. 서울에서 음악하는 형이 밴드를 데리고 왔다. 옥상에서 칸초네와 팝송을 불렀다. 멋진 시작이었다.

덧.

여전히 지장암이라는 주소로 편지가 날아든다. 불심이 적힌 연하장이나 달력, 알 수 없는 초대장 같은 것들 말이다. 절집의 흔적을 남기고 싶어 농담을 던져 보았다. 20년 동안 부처님이 머물던 안방에서 자고 나면 일복이 터진다고. 그런데 진짜 일복이 터지고 만 것이다. 일이 없어 고민이던 태피디는 지금 스마트폰 영상 똥손탈출이란 아이템으로 대박이 났다. 레시피 컨설팅을 하는 프리랜서 동생은 화장 지울 시간이 없다며 맨 얼굴로 다닐 만큼 바빠졌다. 말이 곧 예언이구나 싶다. 참고로 난 안방에서 안 잔다. 뒷방 2층 침대나 거실 소파에서만 잔다.

• 1984년에 지어졌다. 오랫동안 부처님을 모시던 절집 '지장암'이었다. 근처에 대학이 있어서 옛날부터 하숙이 많았다. 우리집도 그랬다. 부뚜막도 따로 있고 정말 작은 부엌도 열려있었다. 방에서 밖으로 바로 나가는 문과 방과 방 사잇문도 있었다. 지하는 공방이었다. 이렇게 알차게 쓴 건물에 화장실은 밖에 달랑하나였다니.

마당에서 바라본다...

옥상에서
바라본다

6월 2일 (금) 기억에 남을 만큼 맑음

집

충무교

통영대교

운하

진남
초등학교

거북선
호텔

통영해양
관광공원

· 점심 먹고 충무교를 건너
  진남초등학교 뒤편을 돌아
  통영대교 아래 해양관광공원까지
  다녀오다.

· 진남초등학교 가는 길 안쪽에 종려나무
  한 그루가 서 있다. 나무가 먼저 있었고
  길은 그 다음에 생긴 듯하다. 밑둥을 보니
  그런 확신이 든다

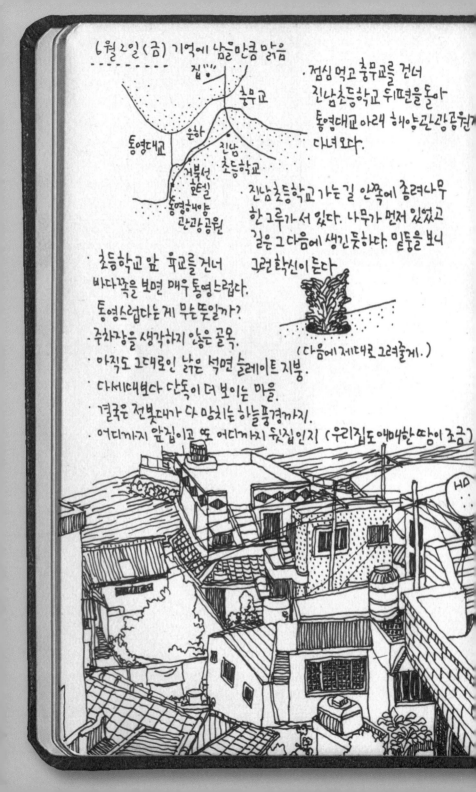

(다음에 제대로 그려줄게.)

· 초등학교 앞 육교를 건너
  바다쪽을 보면 매우 통영스럽다.
  통영스럽다는 게 무슨 뜻일까?
· 주차장을 생각하지 않은 골목.
· 아직도 그대로인 낡은 석면 슬레이트 지붕.
· 다세대보다 단독이 더 보이는 마을.
· 결국은 전봇대가 다 망치는 하늘풍경까지.
· 어디까지 앞집이고 또 어디까지 뒷집인지 (우리집도 애매한 땅이 조금)

HD

6월 3일 (토) 흐리다가 개다가. 여전히 더움

- 통영에 살고있는 중학생 2, 3학년 아이들이 믿음구역통영으로 찾아왔다. 직업체험교육 비스름한 프로그램이었다. 통영에서 일러스트레이터를 찾으려면 몇 명 되지 않을테니까. 단도직입적으로 물어봤다. 진짜 그림에 관심있는 친구들 손! 그러자 아홉 명 중 2명이 곧바로 손을 들었다. 역시. 숙제나 수업에 가까웠다. 의례적인 질문 몇개 차분하게 대답해 주었다. 너무 교과서 같은 이야기하면 꼰대소릴 들을 게 뻔했다. 이 친구 아버지가 내 친구나 동생일 테니까.

'통영은 너무 좁아서 놀데가 없어요.'
'어딜가도 다 알아서 불편해요.'
'서울은 너무 크고 부산이나 대구에서 살고 싶어요.'
'어른들한테 통영은 좋지만 저희한테는 별로에요.'

아니야. 아직 니들이 어려서 그런데. 통영이 고향이란 사실에 엄청 고마워할때가 올거야. 나또 통영이 고향이지만 대부분 서울에서 지냈어. 고향이 필요해서 통영까지 다시 온거야. 난 니들이 정말 부럽거든. 대구와 부산이라니. 그건 아니지 라고 말하고 싶었지만 꾹 참았다. 아빠나 엄마가 충분히 했을테니까.

← 선생님   ↙ 선생님.
배드민턴이 좋아요   아버지가   일러스트레이터   어떤 준비를   뭘 좋아하는지
저 축구!   오래대에서   단점이 뭐에요?   해야하나요   아직 모르겠어요.
           놀아요.   하하. 선생님.

"얘들아. 사실은 내 코가 석자란다. 나도 니들만큼 꿈이 필요하거든."

- 반 아이들이 너무 유치해서 재미없다는 친구도 있고 친구들이 재미나서 늘 붙어있는 분위기가 좋아서 재미있다는 친구도 있었다. 그런데 둘이 같은 학교에 다닌다. (2학년 3학년이긴 했지만...).

뭐든 그냥 지나가는 법이 없다

"어제도 여기 왔었는데요. 옥상에서 카메라 들고 왔다갔다 하는 걸 봤어요."

어제 오기로 하고 오늘 찾아온 유리집 아저씨는 미안했는지 들어오며 한마디 건넨다. 도로명 주소 대신 지장암이라고 했더니 금세 찾아왔다. 서울이라면 유리를 갈거나 인터넷을 설치하러 오면 제 할 일만 잘하면 된다. 오늘 날씨가 참 따뜻하다거나 저렴한 애프터서비스 요령 따위를 가볍게 건네주면 충분하다. 괜히 집안 잘 꾸몄다거나 언제 이 집에 이사 왔냐고 묻는다면 실례를 넘어 잠재적 범죄자로 오해 받기 쉽다. 묻지도 따지지도 말고 제 할 일만 잘하기. 서울살이를 견뎌 내는 요령이었다. 그런데 통영은 달랐다. 그냥 지나가는 법이 없다. 어제 난방유를 채우러 온 아저씨는 몇 달 전부터 공사하는 걸 봤다며 이 집을 얼마에 샀냐고 아무렇지도 않게 물어보았다. 묻지도 않았는데 옆집은 1년 전에 서울 사람이 샀는데 세를 주고 지금은 제주에 산다고 알려 주었다.

어제 저녁에는 옆집 아저씨가 찾아왔다. 딸내미 입학한다고 새 운동화를 주문했는데 도착하지 않아 혹시나 해서 달려왔단다. 두 집이 딱 붙어 있다 보니 택배 아저씨도 가끔 헷갈린다. 아저씨는 얼마나 급했던지 아래위로 히트텍 차림이었다. 골목 건너 앞집은

3층짜리 건물로 마당이 무척 넓다. 아침마다 아주머니는 꽃무늬 조끼에 챙 넓은 밀짚모자를 쓰고 마당에 나와 물 주고 잡초를 뽑았다. 보고 싶지 않아도 다 보였다. 인사를 드리자 아주머니는 마루에 있는 선반이 참 좋던데 어디서 샀냐고 물었다. 알고 보니 아주머니도 우리를 보고 있었다.

서울에서 살림살이를 싣고 밤늦게 다리 밑 주차장에 도착했다. 짐을 내리다가 담배 피러 나온 앞집 아저씨와 처음 마주쳤다. 늦은 밤에 뭐 하냐며 경계하듯 물었다. 뒷집 지장암으로 이사 왔다고 했더니 금세 표정이 풀렸다. 안 그래도 공사하는 걸 지켜봤는데 어쩐지 통영 스타일이 아니더라며 말을 건넸다. 이쯤에서 ㅇ약사님이 아버지 친구라 했더니 "니가 ㅇ약사 친구 아들이가?"라며 활짝 웃었다. 그리고는 마당에 채소도 기르니까 언제든지 가져다주겠다고 했다. 그냥 넘어가는 법이 없다. 오늘 아침 동백나무에 물을 주는데 옆집 아주머니와 마주쳤다. 가볍게 인사를 건넸더니 말없이 담 넘어 검은 봉지를 건넨다. 요구르트 세 개가 들어 있었다.

유리집 아저씨는 동네 집들이 사부작사부작 외지인들한테 넘어간다며 아쉬워했다. 통영이 고향이라 돌아온 거라 얼른 대답했더니 금방 환해졌다. 통영은 따뜻해서 웬만하면 눈 구경, 얼음 구경을 할 수 없다, 고성만 가도 무척 춥다고, 살기에는 이만한 데 없다며 살갑게 맞아 주었다.

6월 4일 (일) ...... 여전히 맑음.

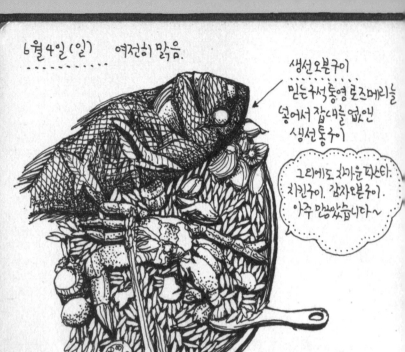

생선오븐구이
믿는구석 통영 로즈메리를
넣어서 잡내를 없앤
생선통구이

그래도 차가운 파스타.
치킨구이. 감자오븐구이.
아주 맛있습니다~

통영+해물+김섭
빠에야
게.전복,가리비.
홍합에 아스파라거스와
토마토를 곁들이다.
쌀은 안남미롯.

아스파라거스로
밑동을 자르고 껍질을
벗긴뒤에 요리한다.

• 김현정 셰프의 집 옥상 테라스에
꼼꼼하게 준비한 음식을 통영친구
함께 나누다. 셰프는 부암동에서
〈5월〉이라는 비스트로를 하였고
통영 축제 음악당내 레스토랑 셰프를
거쳐 지금은 개인 스튜디오겸 레스토랑
준비하고 있다.

• 그녀는 농담반 진담반으로
'사업설영회'라고 불렀다. 이렇게 음식을 나누고 함께 맥주 홀짝이다 보면
금세 친구가 된다. 실제로 그녀 덕분에 물리치료사. 의사선생님. 영화감독.
굴 양식장 사장. 꿀빵집 사장을 알게 되었다. 또한 봉수골 이곳저곳을
다니며 부동산 시세(!)도 파악하였다. 폐기물을 버리는 날 부지런히
돌아다니다 보면 사개로 만든 가구도 득템할 수 있다. 그녀의 거실에 놓인
유리장 역시 이 아파트 앞에서 주운 거였다. 뭔가 대단한 물건을 버린다.

6월 5일 - 6월 6일. (월.화) 맑다가 차츰 흐려져 비.

· 갈라워크숍을 위해 미리 답사 오다. 사람이 모여 재미있는 일을 해보자.
서울, 통영 그리고 나학이 어우러지는 공간이나 모임을 만들어보자.
그리고 다른 사람이 아직 못해본 일을 해보자.
비슷한 생각을 가진 친구들이 조금은 낯선 통영에 찾아오다.
카페일랑더치, 커피로스터즈수다, 잇음, 서피랑, 한삶섬식당 그리고
혜성호끄까지 찾아다니며 통영과 친해져보다.

갈라CEO
천문학자이명현   갈라매니저   정현주작가   마리킴   그리고 박장
            어슬렁   나라킴도
그리고 하리하라,   통영잇음   시바   사진을 찍고주고...
이지유 작가도 함께 했다.   시바아범   청국이

· 맛있는 거 먹고 재미나게 수다떨고 쇼핑도 빼놓지 않았다.
특히 갈치새끼를 말린 풀치와 굴엑기스를 소금 대신 바른 통영굴김이
인기가 좋았다. 오미사 꿀빵은 스터디셀러이고...

· 워크숍 사전 모임에서 내린 결론. 7월 14일과 15일에 믿는구석 통영에서
갈라 이벤트를 해보자. 과학자는 강의하고 마당이나 옥상에서
책을 판매하자. 밤에는 통영친구들과 함께 뒷풀이하자.

· 멍게가 제철이다. 맛이 제대로 들어서인지 고소하면서 달콤한 향이
씹을수록 진하게 올라온다. 비린맛이 덜해서 먹기 더 좋다.
된장찌개에 넣어 끓이면 식감도 좋아진다. 해삼도 삶아서
볶아먹으면 별미다. 삶아서 말린다음 다시 잘라서 요리해도 좋다.
건해삼은 주로 중국으로 수출된다.

6월 7일 흐리거나 비가 오거나 (수)
6월 8일 샘이 날만큼 맑음 (목)

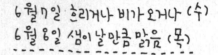

• 병원에 오자마자
의사선생님, 상태가 안좋다여
X-ray 찍고 오라고 하신다.
사진을 보더니만
바로 수술하고 입원
하잔다. 뭐야 간단한게
아니었어? \\\\

• 청소하고 의자 옮기다가
손가락이 구부러지다.
이쑤시개가 부러지는
기분이 들었는데 그리
유쾌하지 않았다.
아픈지는 안큰데 힘을 줘
손가락 끝은 전혀 펴지지
않는다.

• 마취하고 새끼손가락에 깊이
심을 박는다. 15분밖에 걸리지 않았다.
이제 6주동안 물에 닿지 않고 무리하게
힘주지 않으며 금주하면서 지내면
'붙을 수도' 있다고. 뭐 세상에 확실한 게
없으니까...

• 6인실에 입원하니 자연스레 다른 환자들과 어울리게 된다. 정확히 말하면
그분들이 어울려주었다. 옆에 아재는 조용히 홍삼음료를 건넸고 다른쪽 아재는
수저는 어디서 씻어야 하는지 일반쓰레기와 의료폐기물은 어떻게 버리는지
알려주었다. 건너편 환자는 폭지에서 왔는데 다들 조카 다루듯이 대했고
본인은 그리 기분 나쁜 눈치가 아니었다. 간호사도 마찬가지다. 구수하게
사투리 써가면서 '와, 불렀습니까. 어디 아픈데예.' '쪼매 아플겁니다'
챙겨준다. 사투리 쓰고 듣던 사람이 타지에서 지내면 마음부터 불편해지는지
이해된다. (조금은) 이리 편하니까. 통영 촌데레. 여기서는 일상이다.
투덜거리는 아재, 늘 힘차게 시끄러운 아지매, 부드러운듯 결코 지지않는
여성들 그리고 ... 색다른 1박 2일이다. 통영 속으로 쑥 들어온 기분이다.

예상되는
술 후유증...

우아하게
마실테고...

약간 재수 없을지도 모르겠네.

이건 아닌것같고

이렇더 섬세해 보일까?

• 춘데레 통영 어르신들에게 '냉차 바랍니다'라고
인사드리고 나갔다. (반응 역시 미적지근. 그래도 괜찮다.
이미 알고 있으니까) 약을 받고 수납을 한 뒤 병원을 나왔다.
팔뚝에는 수액바늘자국이 아직 남아있다. 하늘은 미치도록 맑다.
뭔가 2박 3일의 여정을 마무리하는 의식이 필요했다. <용문반점>에서
짜장면을 먹었다. 습습한 (그래도 맛은 의외로 좋았습니다!) 병원밥을
사흘간 꼬박꼬박 먹었던 터라 혀는 MSG를 격하게 맞이하였다.
수다에 들러 정성스럽게 내려준 커피를 홀짝거렸다. 마침 건너편 식당의
주사장님이 삶은 감자를 건네주었다. (심작했겠지만 조용히 돌아갔다)
수다카페 앞으로 어떻게 할지 함께 고민하다가 결국 집주인이 되어야한다는,
지극히 어른스럽게 (라고 쓰지만 꼰대스럽게로 읽는) 결론. 마무리하다.
오는 7월14일 금요일 밤에 과학 콘서트를 믿는구석통영라 수다가 함께
해보자고 뜻을 모았다. 서호시장에 들러 국거리와 스테이크 안심 그리고
제철인 멍게를 샀다. 운하길을 따라 집까지 걸어왔다. 벌써 여름냄새가
난다. 해저터널 앞에 기막힌 집을 발견했다. 부동산에 물어봐야하나.

친구를 사귀는 주문

'친구를 사귀려면 먼저 들이대라.'

낯선 도시에 머물 때마다 주문을 걸었다. 덕분에 홋카이도, 살타, 발리, 탈린, 몬테레이에 하룻밤 신세 질 친구들이 생겼다. 주문은 통영에서도 통했다.

친구 하면 김 대표를 빼놓을 수 없다. 그는 20년 가까이 ㅎ백화점에서 디자인을 했다. 독립한 뒤로 지금껏 공간 디자이너로 먹고 산다. 오래 전부터 알았지만 블로그에 공손히 댓글 달아 주는 사이였다. 그는 2012년 겨울 뱅뱅사거리 한 건물에 크리스마스 조형물을 설치하는 일을 맡았다. 내게 원화를 부탁했다. 다큐멘터리 촬영으로 아테네에 머물고 있을 때였다. 아크로폴리스가 보이는 방에서 커피 테이블을 끌어당겨 산타클로스와 루돌프를 그렸다. 그 뒤로도 종종 만났지만 쉽게 친해지지 못했다. 하지만 파트너로 꾸준히 일을 하다 보니 어느새 말을 놓았다. 믿는구석통영은 반반씩 돈을 내어 집을 사고 고쳤다. 친구끼리는 돈을 섞거나 동업하지 말라고들 하는데 다행히도 지금껏 별 탈 없이 지낸다.

통영에 온 지 얼마 되지 않았을 때였다. 서울에서 부부가 내려왔다는 소문이 났나 보다. 시바견 청국이를 키우는 윤근이 동네 이웃 김 셰프에게 저녁 초대를 받아 나도 함께 갔다. 부부가 온다고 했는데 남자들만 오니까 아내는 언제 오냐고 물었다. 우리가 부부라고 했더니 무척 당황했다. 진짜인 줄 알고 마음대로 상상했단다.

김 대표는 가만히 있는 법을 모른다. 무언가 고치거나 청소하고 빨래하고 설거지하고 동백과 로즈메리 잎을 고른다. 할 일이 없으면 가구 배치를 바꾼다. 내가 밖에서 통영 친구들과 술 마시며 낄낄거리고 있을 동안 말이다. 안사람 김 대표와 바깥양반 밥장. 당동부부, 징그럽지만 틀린 말은 아니다. 그래서 더 징그럽다.

김 셰프는 서울에서 왔다. 통영국제음악당 레스토랑 셰프로 일했다. 일을 관두고 2년 가까이 쉬면서 친구를 사귀고, 그들을 집으로 초대해 음식을 해 주었다. 나와 김 대표의 첫인상은 남달랐단다. 산더미 같은 파스타를 가볍게 비워 내는 모습이 부부라는 사실과 더불어 몹시 사랑스러웠고. 요리뿐만 아니라 디저트나 빵도 잘 만든다. 직접 만든 마카롱 아이스크림을 먹어 보았는데 무척 맛있었다. 팔아 볼 생각은 없냐고 물었더니 "좋은 건 나와 친구들부터"라고 대꾸했다. 말수는 적지 않지만 낯은 무척 가린다. 손이 커서 음식이 남으면 남았지 모자라는 법이 없다.

우연히 만난 책방지기는 파티피플이었다. 집 계약하려고 통영에 들락날락할 무렵 책보다 그를 만나러 책방에 갔다. 검은 뿔테 안경과 줄무늬 플랫캡에 알록달록한 목도리를 두르고 늘 단정히 앉아 있었다. 통영에선 좀처럼 보기 힘든 스타일이었다. 사람을 좋아해 새로운 멤버가 나타나면 앞장서서 자리를 만들었다. 그날도 저녁에 수다 카페에서 커피 강의가 있다며 같이 가자고 했다. 카페 사장도 괜찮고 단골들도 많이 올 거라고 귀띔했다. 그를 따라 카페에 가서 수다 카페 사장과 청국이 아빠 윤근, 월간 다찌를 한꺼번에 만났다. 그 뒤로 시시때때로 어울려 맥주나 소주 그리고 맥주와 소주를 섞어 마셨다. 지금은 진주로 출퇴근하는데 퇴근길이 멀어 예전만큼 파티를 못해 울상이다. 고양이 여덟 마리와 함께 산다. 언젠가 글을 쓰고 싶다는데 일도 해야 하고 고양이도 돌봐야 하고 여자친구도 챙겨야 하고 파티도 열어야 하니 아무래도 시간이 더 걸릴 듯하다.

월간 다찌는 통영에서 나고 자라 지금은 학원 강사로 일한다. 음식에 대한 조예가 남달라 음식을 즐기는 걸로 만족하지 못한다. 바다에 나가 직접 잡아 손질하고 요리까지 해야 직성이 풀린다. 왜 재능을 숨기고 사는지 알 수 없다. 통영에서 다찌를 찾으려면 네이버보다 그녀에게 묻는 게 훨씬 빠르고 정확하다. 함께 가서 실패한 적도 없다. 숨은 맛집과 다찌를 소개하는 팟캐스트를 함께 해보고 싶어 월간 다찌란 별명을 붙여 주었다.

6년 전 통영에선 늘 혼자였다. 어떻게 버텼는지 모르겠다. 이제 친구 없는 통영은 상상할 수 없다.

단골들은 커피만 마시는 걸로
끝나지 않는다

오래된 미드 <프렌즈>에는 인상 깊은 동네 카페가 등장한다. 대머리(가 아니면 애써 머리를 민) 주인장은 이웃들이 늘어놓는 온갖 이야기를 귀담아 듣는다. 능청스럽게 대꾸하거나 들은 이야기를 슬쩍 흘리기도 한다. 친구들은 약속하지 않아도 자연스레 모인다. 혼자든 같이 오든 커피를 홀짝거리며 함께 수다를 떤다. 통영에도 그런 카페가 있다. 강구안 뒷골목 수다 카페다.

강구안은 자연이 만든 항구로 조선 시대에는 거북선과 판옥선이 정박하는 해군 기지였다. 그 뒤로 고깃배들이 드나들면서 시장이 생겼고 장날이면 1930년대에도 수만 명이 찾아와 길이 마비될 정도였다. 1980년대 중반까지 통영과 부산을 잇는 여객선이 오고 갔다. 충무김밥도 이때 태어났는데 이른 새벽 떠나는 손님들을 위한 맞춤 도시락이었다. 2000년대 초 조선소가 번성하면서 골목 구석구석까지 술집들로 가득했다. 최근에는 동피랑 벽화마을이 뜨면서 관광객들로 넘쳐난다. 강구안은 언제나 통영에서 가장 주목 받는 곳이었다. 그러나 조선 경기가 침체되면서 술과 흥이 넘치던 강구안 골목도 시들해졌다. 여객선 손님을 받던 여관은 벌써 문을 닫았다. 선주들과 조선소 직원들이 찾던 1층 양주집도 망했다. 뒤이어 관광객들을 노리고 문을 연 식당도 금세 문을 닫았다.

3개월 동안 비어있던 자리에 조그만 카페가 들어섰다. 비린내와 술 냄새뿐이던 골목에 갓 볶은 원두 냄새가 피어올랐다.

서울에서 일을 마치고 통영에 오면 카페부터 들른다. <프렌즈> 주인장을 빼다 박은 사장이 "행님 언제 오셨습니까"라며 반갑게 맞아 준다. "오늘은 뭘 드릴까예"라며 정성스레 커피 한 잔을 내린다. 따뜻한 커피를 홀짝이며 별 일 없었는지 물어본다. 기다렸다는 듯이 ㄱ이 여자친구를 사귀었는데 형님도 아는 사람이다, 어저께 ㄴ형님이랑 술 마셨는데 바다에 빠질 뻔했다, ㄷ호프 사장님이 힘들다고 가게를 내놨다처럼 자질구레한 소식들을 생생하게 업데이트해 준다. 맞장구치다 보면 ㄱ에 ㄴ형님까지 약속이나 한 듯 들어온다.

단골들은 커피만 마시는 걸로 끝나지 않는다. 새로운 음악도 들어볼 겸 가수를 초대해 볼까 이야길 던지면 옆에 있는 친구가 인디밴드를 안다며 연락처를 건넨다. 좀 더 던지다 보면 그럴싸한 계획이 서고 결국 진짜 콘서트가 열린다. 싱어송라이터 정밀아, 도마, 신승은, 김태춘 모두 카페에서 처음 만나 공연도 즐기고 다찌에서 뒷풀이까지 했다. 콘서트만이 아니다. 서울의 한 과학책방에 주주로 참여한 덕분에 과학자들을 꽤 많이 안다. 한 달에 한 번씩 과학자를 초대하면 어떨까 이야기를 던졌다. 말이 씨가 되어 천문학자, 해양생물학자, 과학철학자, 생명과학자, 통계물리학자, 이론물리학자, 과학저술가까지 다양한 사람들을 수다에 초대하기로 했다.

통영 카페의 전통은 1950년대 '성림다방'으로 거슬러 올라간다. 그때 단골들도 우리처럼 커피 마시며 수다 떨다가 친구를 위해 전시회를 열어 주면 어떨까 말을 던졌을 것이다. 1953년 겨울, 40여 점의 작품으로 성림다방에서 진짜 전시회를 열었다. 이중섭 화가의 첫 번째 개인전이었다. '흰소', '황소', '부부', '가족', '달과 까마귀' 같은 대표작이 모두 통영에서 나왔다고 한다.

밀놀구석통영거실.

"통통하게 엉글어서 갑니다." 2017년 6월 이명현 박사님

6월 10일 (토) 맑다가 차츰 흐려짐. 아무래도 비가 올 듯. . . .

• 오전에 병원가서 소독한 다음 집에 왔다. '점심 뭐 먹지' 고민하는데
  때마침 김셉한테 연락이 왔다. 내일 요트에서 굴 먹는 행사하는데 쓸
  테이블을 빌리러 왔다. 빈손으로 다니는 법이 없는데 아니나 다를까
  복국라 낙지, 박나물홍합나물, 깍두기에 맥주 넣은 빵라 쿠키까지
  챙겨왔다. 복국은 된장을 풀어 콩나물라 미나리를 넣어 끓였는데
  바지락이 없어서 조금 아쉽다며 '대신' 데친 낙지를 넣어드리라 한다.
  그리고 '내가 세시간 전에 먹었으니 괜찮다'며 마음 속 조그마한
  불안까지 날려주었다.

• 복국:
  feat.데친낙지
  려빗니무는
  망잠의 게임7문양같기도 하다.

• 통영굴김: 소금대신 굴엑기스를
  발라구워서인지
  향이 무척 인상적이다.

• 박나물홍합무침:
  제사상에서 본던
  통영반찬. 밥에 숙숙
  비비면 한끼 뚝딱!!

• 옆옆집이 공사 중이다. 집주인은 당동에만 4대째 살고있는 어르신이다.
  석면으로된 슬레이트천정/지붕을 바꾸는 공사인 줄 알았다. 처음에는 그렇게
  시작했는데 헐다 보니 이참에 새로 짓자고 결심하였다고. 할아버지가 직접
  지으신다고 하는데 한 40일이면 된다고 아무렇지 않게 대꾸하신다.
  집을 혼자 지을 수도 있구나. 감탄또 감탄. 고성당동, 윗당동, 아랫당동이야기.
  예전에는 하숙이 많았다고 하신다. (우리집에도 흔적이 있었다.)

6월 18일 (일) 삿포로 들러 다시 통영으로. 맑음

· 삿포로와 오타루 출장을 마치고 서울에 '잠시 들렀다.' 짐을 싸서 일요일 오후에
통영으로 '돌아왔다.' 서울로 향하는 길이 어느새 반대편 차선이 되었다.
미안하리만큼 뻥 뚫렸다. 네 시간을 달려 통영에 도착하였다. 거구장 갈비에
명란에 소고기 안창을 싸 먹었다. 좋았던 시절을 기억하는 몇 집 중 하나다.
통영시내 3대 갈비 중 하나였는데 지금은 이곳만 남아있다. 3인분을 먹고 계산.
술 안 마시고 밥 안 시키고 고기만 먹고 가는 손님은 처음이란다. 압니다. 저도
처음이에요. 일요일 오후는 통영사람만 남아있다. 관광지는 우울할 만큼 조용하고
쓰레기다. 살짝 붕뜬 공기만 남긴 채. 그것마저 서서히 사그라져간다.
    단골카페 <수다>에 들러 일주일간 통영과 친구들에게 일어난 일들, 이를테면
통영라이더 시의원 출마선언, 건물주가 방수공사 시작했는지, 김셰프 새로
알아본 집은 어떻게 되었는지)
업데이트했다.

통영 이중섭밥식당 주사장님
막걸리와 전을 들고 조용히 목마른
상을 차린다. 해가 지니 골목을 타고 바~
불어든다. 시비·운동시키러 나온 윤군을 마주친디
약속이 없어도 술상을 차리겠다.

6월23일 (금) 무지하게 덥다. 이제 여름, 맞다!

• 이담님과 통영에서 다시 만나다. 이담님 커피 시연회에 처음 간 덕분에 카페 〈수다〉를 알게 되었고 자주 드나드는 단골과 친구가 되었다. 통영파티피플이자 프로책갈러인 병진이 덕분이었다. (늘 고맙게 여긴다. 물론 '너'가 가지 않았으면 다 부질 없었지만.)

있는지 이담씨가 잘
마치 내가 그림과
많이
숨어버림

수줍은 사람이 어떻게 사람과 친해질 수 보여준다. 그는 커피 뒤에 숨어서 만났다. 여행 뒤에 숨어있듯 말이다. 지금은 뻔뻔해졌지만 (이제는 필요할 때입니다.) 커피는 노련하고 취향은 분명하다. 그리고 잠자리는 혼자 편하게 쉬는게 좋다. 믿는구석 통영에 모시려 했는데 이미 따로 숙소를 잡아 놓았다.

"커피를 내리면서 사람 표정을 봅니다. 그게 너무 즐거워요. 그래서 커피를 계속 하게 되는지 몰라요."

나또 작품을 그리고 나서 사람 표정을 본다. 무슨 생각을 하는지 상상해본다. 미소라도 곁들이면 더할 나위 없이 기쁘다.

영화 〈바람 커피 로드〉를 보고 르완다 커피와 케이냐 커피를 마시다. 커피 로스터스 〈수다〉에서.

원가 속엣것을 건드렸다는 기분이 든다. 그게 즐겁다.

커피나 그림이나 마시거나 보는 사람 입장에서 보면 무척 달랐다.
생긴건 몹시 다르지만   이 아니라 만드는 사람
보이지 않는 구석들은 무척 닮지 않았을까 싶다.

영화감독님 소스 자체를 흑백으로 찍었다. 몽골의 붉은 사막을 붉게 보여주지 못해 두고두고 후회했다고. 디지털은 바꿀 수 있는게 장점인데 와 그러셨어요!

버려야 할 것과
버리지 말아야 할 것

"해저터널 앞에 가면 찾을 수 있을 거에요. 자개 다루는 데가 아직 남아 있거든요."

도천동 해저터널이나 명정동 주민센터 근처에 가면 자개농이나 찬장, 밥상을 주울 수 있다. 버린 거라 먼저 줍는 사람이 임자다. 김 셰프 집에는 겉은 까만데 속은 붉고 모서리가 둥근 자개 찬장이 놓여 있다. 덴마크산 1960년대 가구에 칠기를 입힌 느낌이었다. 어디서 샀는지 궁금해 물으니 그냥 길에서 주웠다고 했다. 뭐 덴마크 스타일 자개 찬장을 공짜로 주웠다고? 일본의 블로거가 통영에서 버린 자개상을 찍은 뒤 뭔가 엄청난 걸 버린 것 같다고 남겼다고 했던가. 전설 같은 이야기가 내 눈앞에서 펼쳐지고 있었다. 월요일이면 폐기물을 버리니까 아침 일찍 차 끌고 동네 한 바퀴 돌아보라며 꿀팁 같지 않은 꿀팁을 건넸다. 손님 오면 다리 펴는 자개상이 필요한데 해저터널이라면 코앞이다. 짐 칸 넉넉한 트럭으로 차를 바꿔야 하나.

서울에선 아파트에서만 살다 보니 쓰레기를 버리는 게 어렵지 않았다. 종이, 캔, 병, 플라스틱, 비닐, 음식쓰레기와 생활쓰레기를 나눠 버리면 끝이었다. 그런데 단독주택은 달랐다. 캔이나 병 같은 재활용 쓰레기는 반드시 투명한 비닐에 담아 정해진 날짜와 시간에 맞춰 집 앞에 내놓아야 했다. 검은 비닐 봉투에 담아 내놓았더니 수거해 가는 대신 커다란 스티커가 붙어 있었다. '본 폐기물은 잘못 배출되었습니다.' 애써서 분류해서 내놨더니 달랑 스티커만 붙여 놓아 부아가 났다. 여러분, 믿는구석통영에 오시면 쓰레기는 월, 수, 금 전날 밤부터 새벽 사이에 내놓고 재활용 쓰레기는 반드시 투명 비닐 봉투에 담아야 합니다. 이런 스티커는 검은 비닐 봉투 말고 자개농에 붙어야 되지 않나 싶다. 통영에 와서 버려야 할 것과 버리지 말아야 할 것을 새로 배우고 있다.

음식 쓰레기는 또 어떤가. 주민센터에 물어보니 통을 사서 칩을 끼워 내놓으면 된단다. 무슨 말인지 도무지 그림이 그려지지 않았다. 통은 뭐고 어디서 구해야 하는지, 그 놈의 칩은 또 뭔지. 모두 함께 사는 아름다운 통영을 위해서라니 할 말은 없었다. 다만 서울과 다르니까 짜증이 났다. 알고 보니 통은 음식물류 폐기물 전용 수거용기였고 칩은 음식물류 폐기물 수수료 납부필증이었다. 통에 음식물 쓰레기를 담아 칩을 끼우고 날짜에 맞춰 내놓으면 쓰레기와 칩은 가져가고 빈 통만 남겨 두었다. 종이 상자와 캔, 플라스틱과 쓰레기봉투에 담은 쓰레기는 잘 가져간다. 그런데 스티로폼은 왜 가끔 안 가져가는지 모르겠다. 자고 나면 사라지니 누굴 붙잡고 물어볼 수도 없다. 이래서 주부들이 아파트를 사랑하는지도 모르겠다.

헷갈리는 게 자개장이나 쓰레기뿐이랴. 집도 마찬가지다. 바다가 보이고 옥상에 이불을 널 수 있고 작은 마당에 동백이 피는 50평 단독주택이 은평구 구산동 1층 6평 반 상가보다 싸다. 무엇이 중요하고 가치 있는지, 뭘 버리고 뭘 주워야 할지 헷갈린다.

해저터널 앞

- 오전에는 흐려서 집에 있다가 오후에 맑아져서 동네를 거닐었다. 충무교에서 그려보려고 했으나 사진만 찍었다. 대신 골목을 다니다가 해저터널 쪽으로 왔다. 일제 강점기 건축 양식이 남아있는 적산가옥이 통영스럽다. 근대화 때부 돈을 만진 동네였기에 상대적으로 작은 도시에다 조금씩 쇠락한 덕분(?)에 이런 건물이 남아있는 게 아닐까. 에스토니아 탈린도 비슷한 이유로 중세 도시 모습 온전하게 남아있으니 그리 억지는 아닌 듯하다. 지금은 비어있고 옆에는 사람이 산다.

7월 5일 (수) 서울에 와서 통영날씨는 몰라요

"맛도 없고 서비스도 없고 가게도 허름하고 찾기도 힘듦. 그러니 관광객들은
오지마세요." instagram
－김대표

'소주, 맥주도 한병에 무려
5천원! 갈곳이 못됨'

'이름은 호프인데 생맥주도 없음'

'치맥도 못함'

'모든걸 적나라하게 비춰주는 조명'

'메뉴판 메뉴는 못 시키게 함'

댓글들...
와 본 통영사람들이 남긴

12시가 넘으니까 사장님은 조용히 커다란 캠핑용 의자를 펼치고 TV를 본다. 그리고는
곧 잠이 든다. 안주는 다 내줬으니 술은 알아서 냉장고에서 꺼내먹으라고 한다.
(실제로는 아무 이야기도 안했지만 우린 그렇게 알아들었고 그게 맞았다.) 이름은
호프인데 병맥주와 소주 탄산음료만 판다. 곳곳에 메뉴가 붙어있지만 이대로
주문하는 손님도 없고 주문해도 그렇게 나오지 않는다. 알고 보니 지난 가게 메뉴를
그대로 두었다고... 가끔 통영사람들은 말없이 말하는 초능력자처럼 보인다.
무능력자인 나도 사장님 눈빛을 보고 조용히 주는대로 먹게 되었으니 말이다. 진짜
이렇게 장사하시면 곤란해요. 사장님. 친구들이 소문낼까봐 무서워서 못데리고
겠어요. 네. 그럼 되겠네요. 됐어요. 그냥 저만 올게요. 통영사람들은 알아서
겠죠. 뭐. 오늘도 넷이 마셨는데 십만원도 못 채웠네요. 어휴.

우리만 알고 싶은 가게

파티피플, 수다 사장, 월간 다찌와 함께 ㅎ호프를 찾았다. 월간 다찌가 추천한 다찌였다. 최근에 기막힌 술집을 찾아냈다는 말은 이미 들은 터였다. 함께 차를 몰고 정량동 동호포구 뒷골목으로 향했다. 일제 강점기에 지은 적산가옥들은 싸구려 외장과 간판으로 덮여 있었다. 골목에는 작은 술집들이 다닥다닥 붙어 있었다. 칸막이가 높은 걸로 봐서 한때 맥주를 짝으로 팔던 집이었으리라. 주간에는 커피, 야간에는 맥주, 양주를 파는 두 글자 이름이 붙은 가게들. 서울 굴레방다리 부근에 참 많았던 그렇고 그런 가게들 말이다. 그 사이에 ㅎ호프 간판이 보였다. 하지만 호프집 하면 떠오르는 맥주회사 로고라든가 빈 생맥주 통이라든가 맥주회사에서 나눠 주는 야한 달력 하나 없었다. 간판에 적힌 전화번호는 011로 시작되었다.

사장님에게 물어보니 예전에 호프였는데 간판 바꿀 돈도 없고 굳이 안 바꿔도 손님이 오니까 그냥 쓰는 거란다. 연남이나 성수동 카페에서는 옛 간판을 일부러 남겨 두기도 한다. 힙한 감수성이 정량동 뒷골목에선 흔한 거였구나. 실제로는 다찌집이었다. 다찌란 술을 시키면 안주가 따라 나오는 통영 특유의 스타일 선술집을 일컫는다. 채집부터 먹방까지 섭렵한 원주민답게 월간 다찌는 안주가 나올 때마다 친절하게 설명해 주었다. 생선 머리에 딸린 볼살 한 점 먹으면 그게 생선 한 마리다, 어르신 앞에서 발라 먹으면 생선 먹을 줄 안다며 칭찬 듣는다, 미더덕 회는 비릿한 맛이 덜하고 단맛이 세다, 한치 새끼들이 그물에 딸려 오면 먹물에 삶아 먹물 국물에 찍어 먹는다, 여기에선 성게알은 서비스인데 일본에선 없어서 못 먹는다, 붕장어 찜은 생긴 건 별로인데 맛은 끝내준다, 초간장에 찍어 먹으면 무척 상큼하다, 양념 없이 찐 아구찜도 일품이다, 제주 특산물이던 자리돔이 이젠 통영까지 올라온다, 통째로 튀긴 자리돔은 꼬리를 잡고 대가리부터 뜯는다, 이건 파가아니라 막 육쪽이 생기기 시작한 마늘이다, 된장에 찍어 먹으면 살짝 매콤하면서 향긋해서 회 비린내를 한번에 잡아 준다, 반건조생선은 보관하기 좋고 조림이나 구이 뭘로 먹어도 맛있다. 안주도 안주지만 설명이 더 푸짐해서 우린 끊임없이 소주와 맥주를 주문했다.

12시가 조금 넘으니 호프(라 쓰고 다찌라 읽는)집 사장님은 텔레비전 앞에 접이식 안락의자를 펼쳐 놓고 잠들었다. 술은 냉장고에서 알아서 꺼내 마시라며, 너무 유명해지지 않아도 될 만큼만 자주오란다. 그래서 얼마였냐. 안주는 한 상에 3만 원, 소주와 맥주는 한 병에 5천 원이었다. 믿지 못할 가격이었다. 왠지 미안해서 애써 힘내 맥주 한 병을 더 꺼내 마셨다.

7월 7일 (금) 장맛비

· 서울에 와서 다음주에 있을 행사 포스터를 그리다. 1박 2일동안 소소하게 해볼예정
  금요일에는 강의하고 토요일 오전에는 배를 타고 동피랑에서 점심을 먹을 계획이다
  김현정세프가 맛있는 도시락을 챙겨줄터. 이정도면 즐겁지 않을까 싶다.

천체사진가 황인준과 천문학자 이명현의

별.이.야.기.

7월 14일 금요일 저녁 8시
커피로스터스 수다 (통영)
무료입장 감동흑불

· 믿는구석통영과 라학책방〈강다〉와 함께 만드는 첫번째 프로그램입니다.
  강의가 끝나면 믿는구석통영 옥상에 천체망원경을 보며 뒷풀이합니다.
  한여름밤 통영에서 별이야기와 함께 지새워 보아요!!

7월 14일 (금) 맑다가 흐려짐. 여전히 무덥다

- 첫번째 행사가 열리는 날이다. 황인준 선생님, 이명현 박사님, 이미영 매니저 그리고 이권우 선생님이 서울에서 (천안을 거쳐) 먼는구석통영에 도착하다. 하모물회를 점심으로 먹고 남해의 봄날, 봄날의 책방을 들렀다. <벚꽃아래> 에서 팥빙수와 시원한 음료를 마시고 한참 수다를 떨고 <이중섭식당>에서 갈치조림을 저녁으로 먹었다. 밤 9시부터 시작인데 8시가 좀 넘어서 이미 카페는 발 디딜틈이 없었다. 하긴 통영에서 천체사진작가와 천문학자를 한번에 만날 기회는 거의 없었으니까. 나중에 덕현이 (수다사장님)에게 물어보니 50여명이 왔다고. 책도 현장에서 30만원 어치 팔았는....

칠레 아타카마. 밤 잘합니다. (개기일식이 최고 이벤트.

황인준 천체사진가.

- 황작가는 한마디로 덕후였다. 천체망원경은 물론 부품도 직접 만든다. 또한 사진촬영을 위해 아산에 개인천문대를 마련하였다. 하지만 전공은 국제금융. 대기업 해외부문에서 오랫동안 일했다. 또한 벤처기업 사장이기도.

"별을 찍는다는 건 우주여행을 하는 일입니다.
천체망원경은 바로 우주선입니다."

아산에 직접 세운 천문대 이름은 '호밤HOBYM'
자신과 아내, 세 딸 이름의 앞글자를 따서 지었다고.
차분하게 별과 칠레다 사진을 이야기해주었다.
망원경도 직접 가져다 먼는구석통영에 설치했다.
토성을 보려고 했으나 끝내 하늘이 열리지 않았다.
토성 대신 천체망원경을 보면서 맥주를 홀짝거렸다.

오늘은 우주최대의쇼하고 고흐 산윤복이야기를 할까나...

· 박사님하고 있으면 지루하기 힘들다. 우주를 이야깃거리 삼으니 소재가 끝날 수가 없다. 150억년
그래서인지 강의할때마다 쫄깃하게 새로운 이야기를 꺼내준다. 소백산천문대에서는 '알파센타우리'로 우주선을 보내는 프로젝트를 가지고 여럿 흥분시켰다. 떼톡쇼에서는 털 달린 공룡이야기를 꺼내더니 돈되는 소행성으로 넘어갔다. 오늘은 우리나라 천문학자 이름을 헷갈리며 우주를 이야기하던 택시 아저씨로 시작해서 그림속 별을 보고 언제 그린 그림인지 찾아나서는 괴짜들(그들도 여럿한 천문학자 이야기로 마무리했다. 신윤복의<월하정인>은 1793년8월의 자정무렵에 벌어진 일이라는... (궁금하면 검색해 보시길.)

· 반응은 그야말로 폭발적이었다. 늦은 시간이었는데 초등학생 끝까지 자리를 지켰다. 8월에도 꼭 오겠다고 약속했다. 함께 지켜보던 김대표는 작은 소리로 '우리 맥주집 꼭 해야' 라며 눈을 반짝거렸다. 통영과 과학, 괜찮은 조합이 되지 않을까. 물론 통영은 오픈 '빨'이 끝내주는 동네이긴 하지만 그야 두고보면 알게 되겠지.

이명현 천문학자

딩굴이 오스포

7월 27일 (목) 너무 여름다운 날씨. 뜨겁지만 상쾌하다

커피 홀짝거리며
수다를 떨다보니 친구를
사귀게 되었다. 친구를
사귀니 통영에 대해
잘 모르는 이야기도
듣게 되었다. 누가
시 의원으로 나가고 xx
가게를 운영하는 친구가
xx집 아들이고, xx친구
는 누구랑 사귀었었고
느그 어머니는 뭐하시고
등등. 통영에 한걸음 더
들어가게 되었다.
시시콜콜한 정보는
술자리

안주로
그만이고
그자리에서
웃고털면
그만이다.
하지만 그렇게 마무리하기엔
찝찝한 것들도 꽤 있다. 이를테면
납득할 수 없는 행정이라든가 멀리보지
못하고 오래된 가치를 쉽사리 뜯어고치는
안타까운 일들 말이다. 마치 성장한 미녀
자신이 얼마나 매력적이며 드문 아름다움을 지닌지 모른채
애써 유행따라 성형을 하려는 느낌이 든다. 내면이 아름답고
성격이 끝내주고 편안하게 아름다운 모습인데 ... 너무 아쉽다.
통영은 육감적이고 젊지는 않아도 대신 둥글둥글하고 몹시 부드럽다. 난 이런 모습을 사랑한다.
(나이가 들어서 그런가...)

승전무를 맛보다!

- 저녁에는 통영국제음악당에 가다. 통영시에서 모여 노래하는 합창단 통영블루웨이브 여성합창단이 마련한 기획공연이었다. 지영씨는 물리치료사이면서 메이크업 아티스트다. 대놓고 '합창 보러 오세요?' 하기가 뻘쭘했는지 공연 오시면 승전무도 보실 수 있다고 했다. 나도 사실 '승전무'에 마음이 흔들렸으니 어쨌든 성공한 셈이네.

통영국제음악당은 경치가 압권이다. 대부분 저녁에 공연을 하기때문에 자연스레 바다와 요트계류장라 통영시내와 다양하게 물든 저녁 하늘을 한꺼번에 보게된다. 어떤 연주라도 이미 즐길 준비, 말랑말랑한 감성이 솟구친다. 또한 청소 부지런하게 했는지 나선형 계단쭉 해변에 그 흔한 스티로폼 부표나 페트병을 찾아볼 수 없...

그것보다 훨씬 더 흔한 전봇대와 전깃줄도 보이지 않는다.

> 남편은 악기를, 부인은 승전무를

- 공연은 가야금산조, 피아노협연, 승전무, 팬플룻라 오카리나 등 다양했다. 모두 (피아노 빼고) 아마추어였고 부부였다. 연주자마다 수준 차이가 느껴졌지만 박수소리는 똑같았다. 마치 공연은 평가하는 게 아니라 즐기는거야. 게다가 부부가 함께 무대에 섰잖아. 이걸로도 박수받기 충분해. 고마웠다. 단 한가지. 눈에 거슬렸다. 중간 영상에 자막이 나오는데 맞춤법이 심하게 ... 띄어쓰기가 ... (꼰대인가요)

- 한옥스테이 <잇음>에 가면 종종 북소리다 함께 쟁그렁거리는 소리를 듣는다. 알고보니 옆집에서 승전무 연습을 한단다. 전수사가 살고 있으니까. 옆집에는 승전무 전수사가 앞집에는 두석장 무형문화재가 산다. 그런데 며칠 전 한 동네이웃 북소리가 시끄럽다고 경찰에 신고했단다. 이사온지 얼마 안 되었단다. 이래서 집들이를 해야하는가보다. 알면 시끄럽지 않으랴. 모르면 시끄러운~.

통영시민회관에서 노름마치 공연을 보다.

통영국제음악당에서 기획한 공연을 보았다.
관객이 그리 많진 않았다. 5시가 조금 이르지
익숙한 형태로, 이를테면 상모돌리기를
카펠라 + 비트박스 + 랩으로, 장구를
쉽게 들을 수 있었다.
달을 때

2만원 비지정석이었는데
앉았나 싶었다. 국악을
비보이로, 판소리를
드럼으로 해석해서
한창 공연이 절정으로
관객이 소리쳤다.
"관객이 없어
미안해요!"

노름마치 통영공연.

New Wave Korean Music Group

서호시장에서.

아귀포 뼈가 맛있어서 일부러 통으로 말린걸 사다.

냉동실에 얼려둔 요거랑 섞어먹으면 끝! 설탕 0%

고춧가루. 주인도 이거 먹는다며...

초고추장이 영어로 'Spicy Cocktail Sauce' 그러면서 처음 알았다.

판매자명: 한국(거제에그) 646~6488 소재지: 경남통영시 용남면 장문리(?) 우리동네에서 나는...

지금이 딱 비파열매 ...를 때!!

지금 한창 맛있을 때라고 해서 조림용으로 샀다. 전갱이.

서호시장에 가면 생선도 있고 과일도 있고....

오전에 뒹굴다가 정신차리고 서호시장에 갔다. 오후가 되면 문닫는데가 많아진다. 조림을 먹고싶어서 둘러보니 전갱이와 고등어가 무척 쌌다. 전갱이 만원어치를 샀다. 그리고 지난밤 번개에서 비파열매를 처음 먹었는데 참 맛있었다. 시지 않고 가볍게 달아서 자꾸 손이 갔다. 할머니가 봉다리에 넉넉히 담아주었다. 점심은 어제저녁 먹고남은 어묵에 우동면사리를 넣어 먹어야지. 저녁은 물론 전갱이조림!!

• 과학책방 갈다와 믿는구석 통영이 만나 씨앗을 심어보자. 아니면 의심하고 맞으면 받아들이고 새롭게 즐거나 나오면 미련없이 바꾸자. 이른바 과학하는 태도를 알리자고 이벤트를 시작했다. 두번째까지 하면서 가장 만족스러운 건 엉뚱하게도 셰프가 마련해주는 점심이야 싱싱한 재료와 안전한 먹거리로 셰프가 손수 준비한 요리를 과학자라 함께 나눈다. 이제 무게중심은 셰프로 넘어간듯. 지난번에는 동피랑에 자리한 게스트하우스 마당(이 너무 더워 에어컨 빵빵한 식당)에서 먹었다. 오늘은 우리집 마당에서 먹었다. 버킷리스트 중 하나. 이태리나 그리스처럼 햇살아래서 제대로 만든 요리를 친구들과 함께 나누기. 멋지게, 제법 그럴싸하게 시작했다. 아. 다음엔 뭘 먹을거나... 제법. (과학자 섭외는 살짝 뒤로 미룬

• 통영사람에게 시집 온 어머니는 원하든 원치 않았든 통영음식을 배웠다.
작은 장어를 사다가 동전처럼 탕탕 썰어서 탕을 끓였다. 김장을 담글때는
시뻘건 양념 사이에다 뽈락을 박았다. 묻어둔 독에서 김치가 익으면
뽈락도 따라 익는다.(결국 보기에 아름답다고는 눈알이 녹아내린다)
아버지는 뽈락을 녹여먹듯 드셨다. 매우 야만스러웠다.(어릴때니까요)
가자미를 구울때면 맵고달여 조금은 진득한 양념을 따로 만들었다.
다 굽고나면 등쪽에 양념을 주욱 얹었다. 이건 보기에도 참 좋았다.
그리 존경할만하다고 여기기 힘든 분이 사라졌지만 손에 익힌 요리법은 쉽게
바뀌지 않았다. 통영 간다고 하니 국물내는 법부터 가르쳐주었다.
잊혀지거나 '떠포리는 내장떼고 끓여. 그렇게 오래 끓일 필요없어.
그런다고 진국이 나오지 않아.'
　　　　'남은 거 냉장고에 두고 얼른 먹고. 금방 쉬거든.'
냉동실에 칸칸이 재료들이 담겨있다. 문을 열 때마다 하얗게 김을 뿜는다.
엄마 목소리가 들린다.

통영 스타일 서비스

당동에서 서호시장까지는 걸어서 15분. 새벽에 일 나가는 뱃사람들을 위해 일찍 장사를 시작했고, 아침밥을 하는 식당들이 모여 새벽 시장인 서호시장이 생겼다. '오전에는 서호시장, 오후에는 중앙시장'이라고 아침 장을 보는 통영 사람들이나 싱싱한 해산물을 싸게 사려는 요령 좋은 관광객들이 주로 찾는다. 그런데 상인들은 그리 요령이 좋아 보이지 않는다. 멀리서 온 손님들은 이것저것 만지고 들춰 보며 얼마냐고 묻는다. 그러면 백이면 백 눈에 띄게 표정이 굳는다. "살 끼(것) 아이면 만지지 마소"라며 쏘아붙이기도 한다. 김 셰프도 통영에서 처음 장을 보던 날 깜짝 놀랐다고 한다. 쟁반 위에 소복히 담아 둔 바지락을 보고 있으니 묻지도 않고 검정 봉다리(봉투)를 쫘악 뜯어 담아 주었다.

"산다고 안 했는데요?"

"그럼 와 이래 오래 봅니까?"

"예?"

셰프는 어렵게 터득했다며 통영에서 장 보는 요령을 알려 주었다. 첫째, 상인이나 상품을 정면으로 보지 말 것. '정면으로 본다 = 산다'는 뜻이다. 둘째, 가격이 궁금하다면 지나가듯 물어볼 것. '대놓고 물어본다 = 산다'는 뜻이니까. 셋째, 더 달라고 하지 말 것. 어차피 챙겨 주려고 했는데 더 달라고 하면 더 이상 서비스가 아니기 때문이란다. 마지막으로 어찌 되었든 생선 대가리 내려치면 흥정은 끝났다. 만약 안 사고 돌아가면 뒷통수로 날아오는 욕은 알아서 감수해야 한다. 어째 서비스나 친절이 여태 알던 거랑 많이 달랐다.

강구안 골목 단골 식당도 마찬가지다. 마른메기찜과 갈치조림, 해물된장찌개가 유명하다. 국 대신 주는 나물에 밥을 말아 고추장 없이 슥슥 비비면 참 맛있다. 자주 가는데도 "안녕하세요. 오랜만이네요", "오늘은 갈치가 물이 참 좋아요" 같은 스몰토크, 친절한 빈말 따위는 없다. "몇 맹(명)입니까", "뭐 드릴까예"처럼 꼭 필요한 것만 묻거나 "오늘은 뭐가 좋아요?", "여섯 명이면 어떻게 시켜야 해요?"라고 먼저 물어도 "다 맛있어요", "양에 따라 다릅니다"라고 대꾸하기 일쑤다. 도대체 여기 서비스는 뭡니까 따지려다 말았다. 어차피 친절하게 대답해 줄 리 없으니까.

며칠 뒤 식당 사장이 페이스북에 올린 글을 읽었다. 손님이 너무 불친절하다며 글을 남긴 모양이었다. 특히 주방을 맡은 어머니에 대한 불만이 많았다. 그럴 수도 있겠다 싶었는데 아들인 사장은 조금 달랐다.

'어머니는 통영에서 태어나 평생을 살아온 분이다. 무뚝뚝한 탓에 손님이 와도 물끄러미 쳐다보고 주방에 숨는다. 하지만 음식에 대한 자부심은 남다르다. 새벽 시장을 거르거나 쉬는 날도 없었다. 식재료는 손수 고르고 그날 잡아 온 해산물로 최대한 자연산을 고집한다. 오가는 인사 속에 현금이 싹튼다고 몇 번을 말씀드려도 태어난 천성이 그런데 우짜라꼬라며 다시 주방으로 들어

간다.'

　비엔나에서 1876년에 문을 연 카페 '첸트랄'에 들를 때였다. 한참 줄을 선 뒤 들어갔는데 나이 지긋한 웨이터들은 눈길조차 주지 않았다. 함께 간 친구는 "웨이터는 전문가야. 한두 번 와서는 아는 체 안 해. 그런데 세 번째 오잖아. 먼저 인사 건네고 어떤 메뉴를 좋아하는지도 이미 다 안다. 여기선 이게 서비스야"라고 귀띔해 주었다. 통영식 서비스란 친절이나 덤이 아닌 제값 주고 제대로 받기 정도가 아닐까. 비엔나처럼.

통영 며느리가 숨겨 둔 레시피

고향인데도 불구하고 아버지는 통영 이야기를 거의 하지 않았다. 되레 어머니가 옛 기억을 더듬으며 통영을 그리워했다. 어머니 고향은 부산이다. "느그 아부지 출세하기 전까지 절대 안 돌아온다고 했다." 여전히 통영에 남아 있는 아버지 친구가 귀띔해 주었다. 아버지 대신 아들이 돌아왔다. 난 어머니의 눈으로 통영을 보았고 오기 전부터 이곳을 그리워했다.

"느그 아부지가 속을 썩여서 혼자 통영에 왔었어. 벌써 몇십 년 전 일이네. 그때만 해도 통영 가려면 버스를 몇 번이나 갈아타야 했어. 하루 종일 걸렸지. 여관에서 묵고 다음 날 아침 일찍 아버지 친구 ㅇ약사를 만났지. 새벽 시장에서 돔 한 마리를 사오더라고. 밥 먹고 가라며 소반에 따로 아침상을 차려 주는 거야. 돔 구이가 올라와 있었어. 참 맛있었지. 아직도 생생하게 기억 나."

어머니는 아버지를 '느그 아부지(너희 아버지)'라고 불렀다. 큰아버지와 고모도 느그 큰아버지, 느그 고모가 되었다. "느그 큰아버지가 통째로 말린 대구를 걷어다 포를 뜨는데 대가리하고 뼈만 남더라. 아예 해부를 하더라고. 칼은 얼마나 오래 썼는지 식칼이 주머니칼처럼 짤막하게 닳았더라고. 느그 큰아버지 그런 재주는 있데. 식구들이 어찌나 좋아하는지 그 큰 놈이 금방 사라지더라고.

살짝 삭힌 맛이 나는데 들기름 살짝 발라 초간장 찍어 먹으면 아주 맛있어. 난 안 먹어. 요즘 대구 철인데 한번 먹어 볼 테야?"

어머니는 아버지를 썩 좋아하지 않았지만 밥은 꼭 챙겨 주었다. 눈썰미가 좋아 따로 배우지 않아도 통영 음식을 곧잘 하였다. 나중에 갈비집과 분식집으로 돈을 벌어 나와 동생을 키울 만큼 솜씨가 좋았다. "소금에 절인 배춧잎 사이에 볼락을 김칫소에 버무려 묻어 두면 김치가 익으면서 볼락은 곰삭게 되지. 느그 아부지가 삭힌 볼락을 엄청 좋아했거든. 퇴근하고 집에 오면 저녁상에 한 마리씩 올렸지. 너도 기억나지? 이건 아부지 거라며 따로 챙겨 줬던 거. 나도 참 정성이었다."

어머니가 끓여 준 붕장어탕은 소울푸드다. 서호시장에 가면 손질한 붕장어를 토막 내어 작은 그릇에 담아 판다. 가격도 저렴하다. 어머니가 가르쳐 준 대로 혼자서도 자주 만들어 먹는다. 찬밥을 말아 먹어도 좋고 가볍게 소주나 청주를 곁들여도 그만이다. 술을 부르는 해장국이랄까. "통영에 가면 붕장어 탕탕 내리쳐서 작은 다라이에 담아 팔거든. 통영에선 무척 싸. 서울에도 시장에 가끔 올라와. 그때마다 사서 자주 끓여 주었지. 너도 많이 먹었어. 만드는 법은 아주 간단해. 멸치와 다시마로 우려낸 육수에다 무 넣고 장어 넣고 마늘 넣고 고춧가루 넣고 간장 조금 넣고 파 넣고 팔팔 끓이면 돼."

제사 음식 중에서 한 번도 안 먹어 본 게 있다. 마른 생선찜이다. 반쯤 말린 돔에 가볍게 양념을 올리고 실고추를 얹어 찐다. 구이도 조림도 아니라 낯설었고 살짝 비린 냄새도 났다. 음식을 차리는 어머니도 그리 좋아하지 않았다. 제사 끝나고 조금 먹고 냉장고 깊이 박힌 뒤 어느새 사라졌다. (분명 어머니가 억지로 드셨을 거다.) 잘 먹지도 않는 걸 왜 하냐고 물었더니 통영 제사상에 꼭 올리는 음식이라고 했다. 어머니는 통영 며느리로 무려 50년 동안 제사를 지냈다. 절반 가까운 날을 아버지 없이 어머니랑 둘이서 지냈다. "이제 그만하세요, 어머니. 살아계신 분이라도 50년 동안 밥상 챙겼으면 그만 차려도 된다고 하셨을 거예요. 이제부터 우리끼리 맛있는 거 먹어요." 올해부터 차례와 제사 모두 지내지 않는다. 통영 며느리로서 마지막 남은 의무에서 벗어났다.

어머니가 꿈꾸었던 통영 집을 마련했지만 생각보다 자주 오시질 않는다. 왜 안 오시냐고 물었더니 돌아온 대답은 의외였다. "느그 집에 텔레비전 없어서 드라마 못 보잖아."

당동 뒷산
소복녀의 핫플레이스

집 뒷산에 처음으로 올라가 보았다. 계단으로 올라가니 5분도 안되어서 공원에 도착했다. 관리사무소가 있지만 예상대로 아무도 없었다. 아무도 없는 정자에는 버린 옷가지 한 벌이 걸려 있었다. 그냥 생태계였다. 전망대에 가니 데크 앞에 고양이 한 마리가 죽은 채 널부러져 있었다. 조심스레 발자국을 떼어 건너갔다. 전망대에서 내려다본 풍경은 혼자 보기 아까울 만큼 대단했다. 하지만 아무도 없었다. 그림 그리는 내내 뒷통수가 가려웠다. 가끔씩 등골이 서늘했고 그때마다 아주 천천히 고개를 돌렸다. 스피커폰으로 음악을 크게 틀었다. 집으로 돌아오는 길에도 역시 아무도 없었다.

통영에는 귀신 이야기가 꽤 있다. 귀신을 보았다는 사람도 꽤 된다. 통영중학교 건너편 공동묘지에서 소복을 입은 귀신을 보았다는 둥, 원문고개 공원에서 목 없는 여자를 보았다는 둥 이야기가 끊임없이 이어진다. 북포루에 가면 소복 입고 촛불 켜고 제를 지내는 할머니도 만날 수 있다고. 충렬사 아래 우물 일정과 월정도 소복녀를 만날 수 있는 핫플레이스다.

영생태공원에서 내려다본다.

통영국제음악당
섹시한 통영

계단을 올랐다. 가팔라서 힘들고 그저 하늘만 보였다. 뭐가 있는지 전혀 모르겠다. 끝까지 오르니까 드디어 보였다. '와'하고 탄성이 절로 나왔다. 동피랑이 그렇고 서피랑이 그렇고 믿는구석통영이, 통영국제음악당이 그렇다. 계단을 오르면 밥그릇을 엎어놓은 듯한 섬들이 보이고 배들이 천천히 오간다. 관광객을 실은 요트들은 배가 일으킨 파도를 가로지르고 덜컹거릴 때마다 꺄르르 탄성과 웃음이 쏟아진다. 어쩌면 통영 스타일 풍경의 정석이 아닐런지.

오늘 저녁엔 통영국제음악당에서 브라질 연주자가 신기한 악기를 들고 보사노바를 들려준다. 맥주와 바닷바람 그리고 바닷가에서 연인들이 터뜨리는 폭죽까지. 여름은 축제고 삼바다. 바람과 바다가 있으니 언제나 축제다. 통영, 너 참 섹시하구나.

봉수골 벚꽃길 가는 길
천천히 걸어 보길

따뜻한 봄볕에 벚꽃도 서둘러 피었다. 4월 초면 봉수골 벚꽃축제
가 열릴 텐데 그때까지 버틸지. 주중에 비라도 내리면 하릴없이 떨
어질 텐데 꽃 피면 이미 축제나 다름없어서 서둘러 봉수골로 향했
다. 당동에서 충무교를 건너 걸어가 본다. 모두가 꽃길이다. 평일이
라 사람도 적다. 봉수골에는 책방도 있고 미술관도 있고 셰프도
살고 맛있는 냉면집도 있다. 카페도 많이 생겼다. 하지만 설렘은 봉
수골에 닿기 전부터 찾아온다. 꽃잎이 조용히 바다로 날리는 모습,
다리 아래로 커다란 물길을 일으키며 빠져나가는 배들, 모자를 잡
아야 할 만큼 부는 바람, 통영대교와 그 너머로 보이는 섬들까지.
모두 충무교 다리 위에서 즐긴다. 통영에 관광하러 오면 충무교는
유람선 선착장, 국제음악당, 케이블카나 루지, 달아공원에 가기 위
해 건너는 다리일 뿐이다. 차에서 내려 봉수골까지 천천히 걸어 보
길 권한다.

여객선
따끈한 마룻바닥에 눕다

아침 7시에 배를 타고 용초도를 돌아 통영여객터미널로 왔다. 두 시간이 좀 넘게 걸렸다. 승무원은 유람선 의자가 좁다, 이 배는 누워갈 수 있어 더 편하다고 한다. 어르신들은 뜨끈하니 불이 들어오는 마루에 누워 곤히 주무신다. 한 어르신이 참외 한 알을 줘서 깎아 먹었다.

통영에서 길을 찾다 통로

℮ 355 ml/35,5 cl
ALC/ALK 7.2% VOL

10¢
QUEBEC 10¢ CONSIGN

에서 길을 찾다 통로

토리

CHAPTER 2

살수록 그리워지는
비릿한 통영의 맛

10월 13일 (금) 바람이 불고 옅은 구름이 가득하다. 통영

- 무려 두 달 만이다. 믿는 구석 통영이 어색할 만큼 오랜만이다. 작약은 누렇게 변했고 로즈마리는 더욱 풍성해졌다. 로즈메리와 동백 사이에는 생각보다 큰 거미가 단단하게 거미줄을 쳤다. 김대표가 옥상 올라가는 계단 난간에 오리(거위 혹은 기) 두 마리를 붙여놓았다. 시에서는 가로등을 집 앞에 세워주었다. 덕분에 밤에도 마당이 훤하다. 지난 국립어린이청소년도서관 전시를 하고 남은 그림들이 이곳저곳 걸려있다. 몇 년 전 이집트에서 산 파피루스에 그린 그림도 걸어두었다. 내가 없을 때 김대표가 (우렁각시처럼) 뚝딱거리며 모두 해치웠기 때문이다. 단열라 방수에 과하다 싶을 만큼 꼼꼼하게 공사했다. (돈이 그만큼 많이 들었다는 말이다.) 홍수가 나도 이상하지 않을 만큼 통영에 비가 많이 왔었다. 하지만 실내에는 곰팡 하나 없고 물얼룩도 없다. 바람이 불어서인지 밤에는 제법 쌀쌀한데 방안에는 낮에 가둬둔 온기가 살아있다. 보이지 않는 부분에 과감히 손을 보고 비용을 쓸줄 아는 게 전문가가 아닐까 싶다. 우렁쉥이 아니 우렁각시 김대표가 괜히 공간디자 먹고 사는 게 아니다.

도대체 이런 건 어디서 구하는지 무척 궁금하다.

오리건 뭐건 아. 개피곤해.

평소 잘생겼는 믿는 구석만은 음... 너무 일을 많이 그런다. (좀 미안하구만.

지난 8월과 9월은 호주 한가운데 있었다. 캠퍼밴을 타고 40일동안 11.000km를 달렸다. 허영만 작가와 함께 24시간 ×40일을 보냈다. 저녁하고 와인 홀짝거리고 나서 매일밤 그림일기를 썼다. 여행을 마치니 책 한권이 되었다. <호주40일>이 오늘 출간되어 서울에서 출간기념 북토크를 열다. 여행대학과 인연 덕분에 선릉역 근처 매우 큰 카페를 무료로 빌리다. (평소에 잘하면 급할때 급하지 않아도 됩니다.) 80여명이 모여 책을 사고 이야기를 주의깊게 들어주었다. 지금까지 부족하지 않게 먹고사는 건 오늘 모인 분들 덕분이다. 작가에게는 1년에 100달러를 기꺼이 쓰는 팬 2~3천명만 있으면 버틸수 있다. 심지어 미국에서도 맞다. (이런걸 조사하는 분들이 더 대단하다.) 그분들 앞에서 마음놓고 하고싶은 이야기를 하다.

"저는 지금 3.3.3.3 으로 삽니다. 회사에서 쓰는 표현을 빌면 분기별계획?
1년을 크게 넷으로 나눠서 3개월씩 쓰는거죠. 여행.통영.일.나눔으로 말이죠."

계획을 옮기려면 나눔을 좀 더 늘리고 일을 더 줄여야 한다. 생각만으로도 설렌다. 회사 다닐때 사업계획서나 제안서 쓰는 일은 그렇게 힘들었는데. 지금은 설렌다.

여행. 통영. 일. 나눔.

야놀자카페.

일, 여행, 나눔 그리고 통영

서울과 통영을 오가며 산 지도 1년이 넘었다. 이젠 통영과 서울을 오간다고 해야 할까. 거리로 치면 350킬로미터, 자동차로 다섯 시간이 걸린다. 제법 익숙해졌는지 통영대전고속도로 입구까지 오면 거의 다 왔다는 기분이 든다. 같이 올 때면 김 대표가 운전한다. 자전거 빼고 바퀴 달린 걸 타면 너무 졸립다. 알고 보니 가벼운 멀미란다. 다행히 김 대표가 운전을 무척 좋아한다(고 철썩같이 믿고 있다). 혼자서는 버스를 탄다. 네 시간 푹 자고 일어나면 어느새 통영이다.

2015년부터 '3·3·3·3'을 꿈꾸었다. 1년을 3개월씩 나눠 살자는 뜻이다. 1월부터 3월까지, 4월부터 6월까지 부가세 신고하듯 분기로 나눈 건 아니었다. 일, 여행, 통영 그리고 나눔까지 고르게 신경 쓰면서 살고 싶었다.

먼저 일부터. 먹고살려면 그림 그리고 글 쓰고 강의해야 한다. 프리랜서로 살다 보니 항상 일이 있는 게 아니다. 없다고 손가락 빨아 봐야 더 배고프다. 부지런히 사람 만나고 인스타그램과 페이스북도 열심히 관리해야 한다. 계약서 쓰고 세금계산서 발행하고 부가세나 소득세도 제때 내야 한다. 프리랜서 15년차인데도 만만하지 않다. 나이가 들수록 더욱 빡빡하다. 벌써 물러날 땐가 싶어

슬슬 고민도 된다. 그림은 예술인데 돈 이야기부터 꺼내냐며 싼티 난다는 소리도 듣는다. 그림은 몸과 시간을 온전히 바치는 노동이다. 인건비를 마련하기 어려우면 그림도 예술도 어려워진다. (다른 작가들은 모르겠지만 저는 그렇습니다.)

여행은 일과 휴식 사이 어디쯤이다. 2015년부터 1년에 한 번씩 해외에서 한달살이를 시작했다. 마이클 무어 감독이 만든 다큐멘터리 <다음 침공은 어디?>를 보고 자극 받았다. 반드시 돈이 많거나 공부를 잘하지 못해도 세계의 꽤 많은 사람들이 휴가를 알뜰히 챙기며 사는 게 아닌가. 충격이었다. 나라를 바꿀 수 없다면 나라도 바꿔 보자고 마음먹었다. 2015년 겨울에는 홋카이도, 2016년 겨울에는 멕시코에서 한 달 살았다. 2017년에는 허영만 작가와 함께 40일 동안 호주를 다녀왔다. 말은 곧 예언이라서 자꾸 던지다 보면 언젠가 이루어진다. 낯선 사람들과 들리지 않는 언어에 묻힐수록 감각은 훨씬 예민해진다. 새로운 자극과 내 안의 이야기를 파먹고 사는 작가에게는 더할 나위 없는 환경이다. 생각보다 돈도 많이 들지 않는다. 북유럽이나 몇몇 나라를 빼면 한 달 사는 비용은 서울과 비슷하거나 저렴하다. 게다가 오래 머물수록 돈이 덜 든다. 비행기표도 몇 달 전에 예약하거나 저비용 항공사를 이용하면 저렴하게 구할 수 있다. 가끔 여행 프로그램이나 다큐멘터리에 출연하거나 관광청에서 쓸 그림을 부탁 받기도 한다. 비행기표와 숙소에 출연료나 작업비까지 받으면 가성비는 한없이 좋아진다. 허벅지 근육이 야들야들해져 더 이상 떠나지 못하는 순간까지 부지런히 떠나려고 한다.

나눔은 2009년 사랑의 연탄 나눔 티셔츠 그림부터 시작했다.

그 뒤로 사랑의 연탄 나눔을 비롯하여 초록우산어린이재단, 완주군, 러빙핸즈, 소방청, 작은도서관과 함께 그림으로 재능을 나누었다. 통영에 와서 옐로카펫 홍보 캐릭터인 빨간 로봇을 그렸고 시민단체와 함께 통영의 문화와 예술을 그림으로 알렸다. 앞으로 관광하기 좋은 도시에서 살기 좋은 동네 통영을 만드는 데 힘을 보태고 싶다.

마음 같아서는 통영에서 벌어서 살고 싶다. 서울은 삿포로나 멕시코시티처럼 한달살이로 즐기고 싶다. 나의 바람은 언제쯤 이루어질까? 자꾸 말하다 보면 이루어진다고 믿지만 대책 없이 꿈만 꾸는 게 아닌지 걱정된다. 통영도 서울도 아닌 '언저리너스'로 살다 흐지부지 될까 두렵다. 기대와 희망이 큰 만큼 걱정과 두려움도 함께 자란다.

바다를 돌려줄 의무

"바다를 너무 쉽게 여겨."

아버지 친구인 ○약사는 통영에서만 50년 넘게 살았다. 약국을 하면서 남는 시간에 틈틈이 나무를 가꿨다. 종려나무를 좋아해 묘목을 키워 관공서에 무료로 나눠 주었다. 집 마당은 웬만한 식물원 못지않다. 쭉 뻗은 종려나무들 사이로 비파나무가 자란다. 여름이 되면 배롱나무가 붉게 물들고 수국은 큼직하게 피어오른다. 마당 너머로 거제대교와 견내량 바다가 보인다. 집과 바다 사이는 찻길과 전선이 가로막는다. 오래 전에는 마당에서 그대로 바다까지 걸어 나갔다. "바다 쪽으로 자꾸 길을 내고 전봇대를 박는 데는 다 이유가 있어. 바다가 싸기 때문이야. 그러니 자꾸 바다부터 메우는 거지. 통영이 곧 바다고 가장 귀한 자산인데 그걸 몰라" 라며 목소리가 살짝 높아졌다. 통영에서 나고 자란 내 또래 친구들은 강구안에서 물놀이 했던 추억을 떠올렸다. 지금이야 바다를 메워 문화마당이 되었지만 그 전에는 걸어서 바다에 들어갔다. 약사님과 친구들 이야기를 들어서인지 잘 살펴보니 걸어서 바다를 만날 수 있는 곳이 그리 많지 않았다.

완주에서 만경강을 처음 봤을 때가 떠오른다. 서울에서 한강만 보고 자라 강가는 당연히 콘크리트로 되어 있는 줄 알았다. 만경강은 달랐다. 둔치와 오미에는 풀이 자라고 물이 들고 나가서인지 땅과 강의 경계가 희미했다.

얼마 전 시민회관에서 김재신 화가의 전시를 보았다. 통영 출신답게 통영과 바다를 그렸다. 그는 다른 색 물감을 여러 겹으로 칠한 뒤 조각칼로 파내는 조탁 기법을 개발했다. 바다 위에 다양한 색깔로 반짝거리는 윤슬을 표현하기 위해서였다. 작품을 보니 오래도록 물빛을 지켜본 사람임에 틀림없었다. 작가 홀로 전시장을 지키고 있었고 관객도 나 혼자라 자연스럽게 이야기를 나누었다. 작품에 대해 설명하다가 어느새 어릴 적 통영 이야기로 넘어갔다.

"어릴 때 통영은 참 아름다웠어요. 선이 살아 있었어요. 바다는 자연스레 땅과 섬을 만났죠. 윤슬도 한몫했어요. 윤슬을 자세히 보면 그냥 반짝거리는 게 아니에요. 진짜 빛과 색은 물속에서 나와요. 그게 훨씬 아름답죠. 어떻게 하면 작품에 담을 수 있을까 고민하다가 결국 조탁 기법까지 오게 되었습니다. 통영은 그저 회나 먹으러 오는 데가 아닙니다. 그런 건 초보 관광객들이나 좋아하죠. 진짜 단골은 선을 보고 기운을 느끼려고 옵니다. 그게 좋아서 또 오는 거예요. 그런데 요즘 통영 사람들이 먼저 나서서 선을 없애려는 것 같아 무척 안타깝습니다. 우리는 통영을 빌려 쓰는 거예요. 망치지 않고 물려줄 의무가 있죠."

그는 1년에 한 번씩 통영에서 직접 전시를 연다. 선을 사랑하는 토영(통영) 토박이가 할 수 있는 전부이기 때문이다.

해양생물학자 황선도 박사는 바다의 모든 문제는 바닷가에서 일어난다고 한다. 사실 바다의 대부분은 사막이라고 보면 된다. 해양생물이 자라고 생태계가 유지되는 곳은 대부분 얕은 바다와 바닷가다. 바닷가가 망가지면 바다 전체가 망가지는 것과 다를 바 없다. 바다를 그릴 때 길이나 전봇대가 거슬리면 슬쩍 빼고 그린다. 사진은 포토샵으로 지우면 그만이다. 하지만 진짜 바닷가에선 꼼수나 포토샵 따윈 통하지 않는다.

統路?
統怒?
모임이름은
'통로'

'통영에서 길을 찾다' 지금 이대로 가면 통영은 어떻게 될까? 통영을 찾는
관광객뿐만 아니라 통영에서 먹고사는 사람들 그리고 앞으로 통영을
사랑하게 될 미래의 시민을 위해서 통영을 다시 생각해 본다. 대기업이
없는 동네라 시가 곧 대기업 역할을 한다. 공무원과 시장의 영향력이
어느 도시에 비할 바 못 된다. 문제는 지금 통영시장이 길을 잃었다는 점.
데크깔기로 대변되는 '여느 관광지' 만들기에 앞장서고 있다. 주민에게
구체적이고 직접적으로 어떤 이익이 돌아가는지 명료하지 않다. 루지가
그렇고 '대주천지구 아파트 개발도 그렇다. 또 하나의 대박은 강안 개발이다.
유원지라서 오는 게 아니라 항구이기 때문에 찾아온다. 주말에는 차가 막히고
때로는 생선 비린내가 진동하지만 '항구이기에' 받아들이고 오는 것이다.

〈통로〉에서 첫번째로 시작한 캠페인은 '강구안은 항구다'이다. '친수사업'이란
이름으로 항구기능을 줄이고 대신 데크를 깔고 거북선 등껍데기 무늬를 깔
광장을 만든다고 한다. 공사가 끝나면 주차난도 해결되고 바다도 깨끗해진다고
주장한다. 하지만 바다를 깨끗이 하려면 청소를 하면 된다. 어선 '때문'에
더러워진다면 바다에 쓰레기를 버리는 어선에 벌금이나 면허 정지/취소 등
강력한 제재를 가하면 된다. 굳이 바다를 메우고 콘크리트 기둥을 박아
데크를 만들지 않아도된다. (게다가 400억이 넘는 예산이 든다!) 무엇보다
'항구' 강구안이 아닌 '관광유원지' 강구안은 통영에 사는 시민들이라면
쉽게 양보하기 어렵다. 지금도 주말이면 타지에서 밀려드는 차량 때문에
정상적인 일상을 누릴 수 없다. 그런데 주인들에게 그저 '관광객이 많이 오면
좋은거 아니냐'며 반문한다. 많은 관광객 = 삶의 질을 뜻하지 않는 사례는
차고도 넘친다. '젠트리피케이션'이란 꽤 어려운 단어가 익숙해진 것도
홍대나 북촌, 경리단길에서 피해입은 사람들이 있기 때문이다. 이제 지방에서는
'투어리스티피케이션'이 큰 고민거리다. 제주가 몸살을 앓고 있으며 통영도 그렇다.
문제는 문제라고 여기지 않는다는 점이다. 침체된 통영을 살리는 길은 관광밖에
없다고 여기기에 '관광'이 모든 문제를 해결하고 '열쇠일뿐아니라 '사소한' 과오나
피해를 덮어주는 면죄부가 된다. 쉬운 문제는 아니다. 그렇기 때문에 지자체타
시민 모두 적극적으로 머리를 맞대고 해결해야 한다. 안 그러면 누구 말마따나
'다 죽는다.'

통영시 브리핑룸

10월 24일 (화) 살짝 흐리다. 그래도 먼지는 없다.

강구안은 항구입니다.
통영의 역사와 삶의 풍경이 담겨 있습니다.

· 스티커, 에코백, 패치를 만들어 보기로 하다. 〈통로〉심볼은 이전에 그린
통영12공방 그림에 '사람이 문화다' '통영에서 길을 찾다' 슬로건과
'통로'라는 이름을 새롭게 붙여 쓰기로 하다. 강구안 그림은 새로 그려 보다.
디지털 작업으로 마무리할 계획이다. 구체적인 제작은 김대표와 함께.
(늘 그랬듯이)

· 회의를 마치고 호텔옆 포장마차에서 쭈꾸미를 먹었다. 길건너편으로 통영대교가
이고 어슬렁거리는 청년들은 다리를 향해 폭죽을 달린다. 뒷풀이를 마치고 충무교를
너 쉽게지 걸어왔다.

통영대교가 야하게 반짝거린다.

의 말풍선 내용:

10월 25일 수요일 저녁 8시 30분
커피로스터스수다(통영)
사전예약 30분만 모십시다

<다윈의 서재>
<다윈의 식탁>
<다윈의 정원>을 쓴
진화학자·과학철학자·
서울대학교
자유전공학부 교수

경계를 넘어 '인간'을 탐구하는 학자 장대익의

울.트.라.소.셜.

우리 안에 새겨진 초(超) 사회성의 빛과 그늘

믿는구석통영과 과학책방<갈다>와 함께 만드는 세번째 프로그램입니다.
강의가 끝나면 믿는구석통영에서 뒷풀이합니다.
입장료는 음료 포함 15.000원입니다. 강의 후 추첨을 통해 거북선 호텔 숙박권,
저자 사인본, 몰스킨, 커피로스터스수다 커피 드립백 등 다양한 경품을 드립니다.
가을밤 통영에서 우리가 몰랐던 우리 안의 엄청난 사회성, 공감능력에 대하여
함께 이야기해봅시다!

10월 25일 (수) 더할나위없이 맑다. 소풍가기 좋은 날이다

김대표   김셉   장교수   마영매니저   손조교   밥장

장대익 교수가 믿는구석에 오다. 두 달 전부터 오겠다며 철썩같이 약속했다.
불멸의 프로그램인 <다빈치 노트>에 함께 패널로 참여하면서 알게되었다.
녹화 끝나면 반드시 뒷풀이를 거하게 했다. 뭐가 그리 즐거웠는지 마시고
수다떨고 또 마시고 수다떨었다. 그때 알게 된 덕분에 이명현 박사님도
만났고 결국 과학책방 갈다 주주가 되어 이곳에서 점심을 같이 먹게 되었다.
장교수는 내가 아는 사람들 중에 가장 똑똑하다(고 믿고 있다.) 듣는 사람 눈높이에
맞춰 참 쉬워 보이게끔 이야기해준다. 게다가 어떤 질문이든지 끝까지
충분하게 들어준다. 쿨내탈한 리액션은 덤이다. 그가 왔으니 제대로 대접해야지.
마당에서 친구들과 밥 먹기. <대부>를 본 다음부터 바라던 바였다. 꼭 시칠리나
토스카나가 아니어도 괜찮았다. 동백과 커다란 로즈메리가 건강하게 자라는
조그마한 정원이 딸린 마당으로 충분하다. 게다가 세상 똑똑한 친구와
세상 맛있는 요리를 함께 나누고 있으니 충분하고 충분하다.

생각보다 접하기 어려운 프랑스요리를
매달 통영에서 맛보게 될 줄을 몰랐다.
이렇게 맛있고 색다르면서도 금세 익숙해질 줄이야.
이게 바로 셰프 '빨'이 아닐런지.
믿는구석 통영에 오면 맛볼 수 있는 특별한 맛과
경험이다. 그랬으면 좋겠다.
장대익교수도 깜짝 놀란듯 싶다.
저렴한 가격에 친구라고 해주는 셰프에게
그저 고마울 뿐이다. 11월에는 굴이 올라올텐데
굴을 쓰는 프랑스 요리는 뭐가 있을지 벌써부터
궁금해진다.

울트라신설 in 커피로스터스수다

사람과 영장류는 효율보다 공정성에 더 민감하다.
같은 일을 했는데 보상이 다르면 이른바 삐쳐서 밥상을 엎어버린다.
일은 사회적 관계를 맺는 수단이다. 따라서 일자리가 그 자체로도 보상이 된다.
침팬지는 먹거리잡는 시간 빼고 모두 털고르는데 쓴다. 유대관계를 강화하는
사회적인 행동이다. 사람에게 수다는 털고르기다 다르지 않다. 한사람이
감당할수 있는 관계는 150명까지다. 혼밥, 혼술을 하는 이유? 관계맺기에
지쳐서다. 그러니 뭐라고 하지 말자.

더치커피전문점 일랑에서 사장님과 회와 족발을 안주로 수다를 떨었다. 수다
사장도 함께 마셨다. 통영에 횟집, 꿀빵, 충무김밥만 있지 않다. 제대로 된
카페, 로스터스들도 꽤 있다. 문제는 사람들이 잘 모른다. 어떻게 알릴까?
이런 일이야기부터 혼자서 일하는 친구들에게 상담하거나 명상하는 기회가
생기면 어떨까. 카페쇼에 가기 어려우니 아예 전문가들을 통영으로 모시면
어떨까를 거쳐 소주에 커피를 타먹는 방법까지… 아무리 밤이 길어도
수다에 빠지면 새벽은 금세 찾아온다. 집에 오니 4시 반이었다.

11월 2일 (화) 흐리지만 기분은 상큼하다.

호주 다녀온뒤 곧바로 책을 내려고 하니까 바쁘다(란 핑계를 대고 싶다.)
서울에서 몇차례 강의를 하고 완주에도 다녀왔다. 그리고 초록우산어린이재단라
메리케이다 함께 핑크드림도서관 두 곳에 벽화도 그렸다. 고등학교 다닐적에
선시를 찾아왔던 팬이 대학교에서 졸업을 마치고 찾아왔다. 광고대행사다
미팅을 가져 새로운 화장품에 들어갈 그림을 찾아보았다. 그러다보니
한달이 훌쩍 넘어 통영 믿는구석으로 돌아왔다. 냉장고에 넣어둔 포도는
건포도가 되고싶은 모양이고 국 끓이려고 두었던 무는 맛있어 보이는 말랭이까
되었다. 포장을 뜯지 안은 두부는 먹어도 되는지 모르겠다. 유통기한은
훌쩍 지났다. 시간은 나도 모르는 사이 슬쩍 흐르고 그만큼 무럭무럭 늙는다.
정원에 동백이 피었고 장미도 피었다. (내가 잘못 보았다.) 거미줄은 더욱
견고해졌다. 보일러를 켜니까 금세 바닥이 뜨끈해진다. 이제야 집에 온
기분이든다.

가리모쿠60책상. 서랍. 의자를 들이다.
한참 아니 칠순까지 너끈히 쓰지 않을까
그러면 2040년…

유명하다고 대단한 건 아니다

봄날이 지나 잠시 주춤하던 통영이 다시 관광객들로 붐빈다. 7월 장마를 넘어 8월 초 한산대첩축제까지 끊임없이 몰려든다. 강구안과 동피랑, 케이블카와 루지 타러 가는 길은 주말이면 관광버스와 승용차로 몸살을 앓는다. 시장이 나서서 전단지를 돌려가며 차량 2부제를 시민들에게 호소하지만 택도(어림)없다. 통영이 좋아 멀리서 찾아오니 고마울 따름이다. 고생스럽게 온 만큼 편히 즐기다 가면 좋겠는데 앞뒤로 꽉 막힌 도로를 보면 걱정이 앞선다. 길 넓히고 주차장 늘린다고 지독한 교통 체증이 곧바로 해결될 것 같지는 않다.

통영을 검색하면 반드시 들러야 하는 명소나 꼭 맛봐야 하는 베스트 음식 같은 정보로 넘쳐난다. 명소로는 동피랑, 강구안, 케이블카와 루지, 한산도와 욕지도, 달아공원 정도고 음식은 충무김밥과 꿀빵, 회와 매운탕, 시락(시래기)국, 봄 도다리쑥국, 여름 하모(갯장어)회, 겨울 굴 요리 정도다. 어떤 식당은 방송에 나와 하루 만에 유명해져 줄을 서 기다리기도 한다. 통영 여행은 낯선 만남이나 새로운 경험보다는 갈 곳과 먹거리의 가성비 높은 조합에 가깝다. 몰리는 곳만 몰릴 수밖에 없다. 요령 좋은 울라봉 카페 주인은 관광객들이 어디가 맛있고 어디가 좋은지 물으면 "거기 가면 사람 참 많더라고요"라고 대꾸한다.

일본 작가 다치바나 다카시는 <사색기행>에서 '여행의 패턴화는 여행의 자살'이라고 잘라 말한다. 여행과 먹방을 엮은 프로그램을 보면 금방 알 수 있다. 유명한 맛집을 찾아 소문난 주인이나 셰프를 만난다. 재료가 얼마나 좋은지 요리 실력은 얼마나 뛰어난지 자랑한다. 출연자는 엄청 맛있다며 야단을 떤다. 요즘엔 방송뿐만 아니라 인스타그램에 유튜브까지 한껏 거든다. 조금만 진기하면 여지없이 패턴이 따라붙는다. 이런 걸 믿고 따라왔다가는 실망하기 일쑤다.

지난 달 과학 강의인 '통영, 과학자를 만나다' 두 번째 시즌을 시작했다. 서울시립과학관 이정모 관장이 멀리서 찾아왔다. 통영 시민을 위한 과학 강의와 더불어 과학자와 보내는 1박 2일 프로그램을 덧붙였다. 세 분이 참여했는데 과학자와 함께 저녁으로 마른 메기찜을 먹었다. 통영 시민들과 카페에서 강의를 듣고 다찌에서 뒷풀이 한 다음 믿는구석통영에서 묵었다. 다음 날 아침에는 느긋하게 동네를 거닐었다. 케이블카도 타지 않았고 섬에도 다녀오지 않았다. 충무김밥이나 꿀빵도 먹지 않았다. 대신 평인일주도로와 충무교를 건너 옻칠미술관과 미륵산 편백숲길을 다녀왔다.

유명하지만 대단하지 않은 세계 3대 명소로 덴마크 인어공주상, 벨기에 오줌싸개 동상, 싱가포르 머라이언을 꼽는다. 대만의 지우펀도 비슷했다. 영화 <비정성시>와 일본 애니메이션 <센과 치히로의 행방불명>으로 유명해져 가뜩이나 좁은 골목에 질식할 만큼 사람들로 가득했다. 버려진 폐광 마을이 상상력을 덧댄 덕분에 되살아났다. 통영은 처음부터 상상력으로 가득한 도시였다.

바닷길과 숲길에 데크를 덧붙이는 대신 골목과 섬과 바다에 묻혀 있던 상상력을 꺼내 보면 어떨까. 죽은 작가와 예술가들이 살았던 도시, 문화 예술의 도시였던 통영으로 끝나지 않았으면 좋겠다.

섬은 바다 속에 잠긴 산

'북쪽에 두루미 목만큼 좁은 육로를 빼면
통영 역시 섬과 별다름 없이 사면이 바다이다.'

박경리 <김약국의 딸들> 중에서

처음 통영에 오면 어디가 남쪽이고 북쪽인지 헷갈린다. 동해나 서
해에서는 바다 쪽을 기준 삼아 방향을 잡는다. 그런데 통영에선
잘 먹히지 않는다. 앞에 보이는 바다를 남쪽으로 여겨 달리다 보
면 느닷없이 왼쪽이나 오른쪽에서도 바다가 나타난다. 통영대교
와 충무교는 하루에도 몇 번씩 건넌다. 방향은 고사하고 어디까지
뭍이고 어디부터 섬인지조차 헷갈린다. 지도를 보면 통영은 학 목
처럼 가는 길로 뭍과 연결되고 날개처럼 활짝 펼쳐진다. 뭍보다 큰
미륵도는 운하를 사이에 두고 통영대교와 충무교로 이어진다. 이
러다 보니 바다는 동서남북으로 보이고 길은 단순하지만 올 때마
다 새롭다. 헷갈릴 수밖에 없다.

통영까지 오는 길을 물으면 통영 IC 대신 북통영 톨게이트 쪽
으로 알려 준다. 통영대전고속도로를 따라 진주를 거쳐 북통영 톨
게이트에서 빠져나온다. 바다를 메운 신도시 죽림을 지나면 언덕
이 보이는데 이곳이 원문고개다. 이 고개를 넘으면 절로 짧은 숨이

터져나온다. 종려나무가 늘어선 가파른 내리막길 아래로 섬과 섬을 닮은 뭍과 연못 같은 바다가 펼쳐진다. 고속도로가 완공되고 죽림으로 터미널을 옮기기 전까지 시외버스를 타면 모두 이 길을 거쳤다. 통영 사람들한테는 원문고개를 넘으며 보는 섬과 바다, 바람과 하늘이 곧 고향이었다.

실제로 통영엔 섬이 많다. 한산도, 욕지도, 사량도, 연화도처럼 사람이 사는 섬은 40여 개이며 무인도는 520여 개나 된다. 통영이 섬을 닮은 데다 섬까지 많다 보니 통영이 곧 섬이라고 해도 틀린 말은 아니다. 섬이 많다 보니 섬과 관련된 이야기도 많다. 그 중에서 성룡 섬 이야기도 있다. 10여 년 전에는 쓰레기 봉투를 들고 바다 쓰레기를 줍는 성룡 사진이 시내 곳곳에 붙어 있었다. 그는 통영 명예시민이자 홍보대사로 "나 혼자 쓰레기를 주우면 20년이 걸리겠지만 시민 여러분이 다 함께 주우면 하루 만에 주울 수 있습니다"라며 바다 환경을 지키는 데 앞장섰다. 통영이 너무 좋아서 비밀리에 섬 하나를 통째로 샀다고 한다. 진짜인지 아닌지 확인할 수는 없다. (비밀리에 샀으니까요!) 빨간 니트에 흰 바지 입고 쓰레기 줍는 성룡 사진은 지금도 통영시청 홈페이지에서 다운 받을 수 있다.

통영이 섬이고 섬이 가장 큰 자산인데도 통영 사람들은 어째 섬보다 뭍을 더 좋아하는 듯하다. 사업이나 장사를 시작하려면 섬 아닌 뭍에서 하라고 충고한다. 실제로 집값이나 임대료도 같은 조건이라면 뭍이 더 비싸다. 심지어 뭍이냐 섬이냐 따질 거 없이 통영 사람은 아예 통영을 벗어나야 출세한다고까지 한다. 왜 그런지 무척 궁금하다.

섬은 바다에 잠긴 커다란 산이다. 섬에 오른다는 건 곧 뭍이 차

오른 산마루부터 시작해 정상까지 오르는 일이다. 몇십 미터만 오르면 꼭대기라고 여기다간 식겁한다. 보기보다 훨씬 가파르고 거칠기 때문이다. 아무리 멋지고 아름다워도 통영 사람들에게 섬은 여전히 섬이다. 하지만 통영 밖 사람들에게는 충분히 도전해 볼 만한 산꼭대기가 아닐지. 그래서인지 통영 사람은 떠나야 된다는 말 뒤에 꼭 '객지 사람은 통영에서 출세한다'고 덧붙인다.

11월 24일 (금) 눈이 오다. 통영은 맑고.

· 모 브랜드와 콜라보레이션을 하려고 회의를 하다. 통영에서 서울까지
버스로 4시간 10분. 1시간동안 회의하고 서울에서 통영까지 다시
4시간 10분. 통영은 맑다. 서울로 갈수록 흐려지고 추워지며 하얘진다.
조그마한 대한민국이라도 옷 한겹 더 걸치고 덜 걸칠 만큼은 더 춥고 더 덥다.
서울가면 며칠은 머물다 오는데 오늘은 (오늘부터는?) 그러고 싶지 않았다.
살가워서 그런건지 그저 조금이라도 따뜻한 게 좋은 겨울이기 때문에 그런건지

· 통영에 오니 친구들이 생일파티하자며 모였다. 지났으니 엄밀하게 따지면 1년
남았다고 했지만 깨끗하게 무시당했다. 그동안 형님이 샀었으니 오늘은 우리들이
대접하겠다며 지갑에 손도 못대게 한다. 덕분에 1차는 다찌. 2차는 가라오케).
3차는 감자탕집에 갔다. 동생들에게 하루종일 얻어먹은 셈인데 나쁘지
않았다 (고 쓰고 아주 매우 좋았다고 읽는다.) 다만 48이라고 숫자가 새겨진
초를 꽂은건... 그리고 '생신' 축하가 많아진 건 더욱 더 음...
생일보다

'통영에서는 생일에 (생선)
찜을 먹어요.'

꾸덕꾸덕 말린 생선을
가볍게 양념을 발라 찐다.
어린이 입맛에는 좀체
맛들이기 어렵다. 허나 나이가
들수록 비릿하게 쫄깃한 살맛이
그리워진다고. 센스 넘치는
다찌사장님. 서비스라며 내오신다.
마치 나이트클럽에서 생일맞는 손님에게
스파클링타임을 내주듯이 말이다.
여긴 케이크대신 생선찜이다.
어쨌든 해피버스데이투미 (마이셀프)!!

적어(빨간고기)
‑‑‑‑‑‑‑‑‑‑‑‑‑‑‑‑‑‑‑‑‑‑‑‑‑‑
'아까무시'

목원반다찌에서
술 사준 동생들...

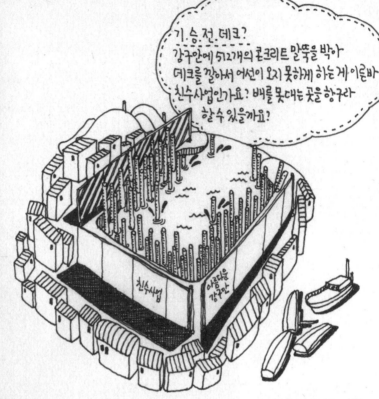

동영시민단체가 모인 원탁회의에 참석했다. '강구안 친수사업'의 문제점을
확인해서 목소리를 내기 위해서다. 설계도를 보며 건축사의 설명을 들었다.
항구 바깥, 그러니까 바다쪽으로 말뚝을 박은뒤 그위에 데크를 까는게
가장 큰 공사였다. 그리고 항구 입구를 가로질러 다리를 놓겠다는 말이었다.
파이프/말뚝을 박으면 거기엔 배를 댈 수가 없다. 그래서 부잔교를 만들고
대체항을 새로 만든다는데 오랫동안 천혜의 피항지역할을 한 강구안을
대체할수 있을지 의문이다. 그리고 기둥을 박으면 기둥 밑으로 각종 오물이 끼는
데다가 강구안처럼 마주보는 항구에서는 양쪽으로 훤히 드러난다. 관광객에게도
(그렇게 사랑하고 비중을 두는) 그리 환영할만한 모습을 아닐거다. 배도 없고
태풍이나 파도가 몰아칠때 배는 물론 사람도 위험해질 수 있는 강구안이라면
애써 찾아올 이유가 있을까? 게다가 지옥같은 교통체증을 해결하기위한
대책도 눈에 띄지 않는다. 데크의 힘을 너무 믿는걸보니 데크교라도 만들어야하나싶다

11월 30일 (목) 싸늘하지만 맑음. 여긴 아직 가을.

통영시 강구안 실무협의체 회의에 참석하다. 회의 주체가 아니라 시민으로
참관인으로 참석하다. 서울에서도 이런 회의에는 가본 적이 없다. 기회가
없어서라기보다 관심이 없었으니까. 은평구에 오래 살았지만 고향이나 우리동네로
여기지 못했다. 말 그대로 어쩌다 보니 오래 산 곳. 그 이상 그 이하도 아니었다.
하지만 친구들이 생기고 자주 만나며 이야기 나누고 기회 닿는대로 재미난 일을
만들다 보니 자연스레 동네에서 벌어지는 일들에 관심이 생겼다. 또한 직접
삶에 .생활에 영향을 끼친다는 걸 피부로 느낀다. 작은 동네다 보니 작은 게
작은게 아니다. 따라서 한 사람 한 사람이 모여 목소리를 내면 (내야) 공무원이
바뀌고 시장이 바뀌며 시민이 바뀐다. 그래야 도시도 바뀐다. 동네가 바뀐다.

통영시청 2층 회의실
AM11:52

수변무대처럼 '구조물=관광자원'이라는 발상은 촌스럽다. 공연자나 예술가가 없는
동네. 라면 무대나 구조물이 없어서 일까. 통영에는 윤이상 기념관 메모리홀도 있고
통영시민회관도 있으며 자랑스런 국제음악당 까지 있다.

강구안 공사는 3년이 걸리는데 다른 차량은 몰라도 '버스'는 중앙시장 앞에 설 수 있도록
하겠다는데 버스가 강구안 교통체증의 주범인데. 그리고 버스가 점점 커질수록
한번에 밀려드는 관광객이 든다. 한번에 수용할 식당은 없다. 한장에 테이블 펼쳐놓고
준비해 온 밥 먹고 쓰레기 잔뜩 버리고 떠난다.

12월 8일 (금) 귀한 손님이 오시는 줄 아는지 끝내주게 맑다

밑고 맡겨보는 통영 가이드

영만형님, 봉주르, 용권이형 그리고 신대표까지. 통영에 놀러오다. 호주여행 뒷풀이 하면서 하자는 약속을 지키려고 오셨다. 1박 2일동안 통영 가이드는 현지인이자 막내인 밥장 몫!

봉주르 / 신대표 / 영만형님 / 밥장

북통영 IC에서 빠져나와 원문고개를 넘으면 비로소 '통영에 왔다'는 게 실감난다. 고개를 넘어 평인일주도로를 타고 집으로 간다. 중간에 통영터널로 빠지면 금방 도착. 20분을 애써 돌아가는 이유는 이 길이 곧 통영이기 때문이다. 이름없는 전망대에서 바다를 내려다보면 올망졸망한 섬들이 고봉으로 담은 밥처럼 보인다. 맑아도 좋고 비가 와도 좋다. 이름이 없기에 언제 와도 조용하다. '저 여기 사는 사람 맞지요?'

이들의 인기는

커피를 하는 분들께 영만형님은 특별하다.
〈커피 한잔 할까요〉라는 작품 때문이다.
함께 여행하면서 알게 된 사실. 영만형님.
커피 못 드신다. 여자가 아니면 여자를 못 그리나
한국사람은 호주이야기 하면 안된다.
따지고 보면 특별하거나 이상할것 없다.
〈일랑〉에 들렀더니 역시 한대... :)

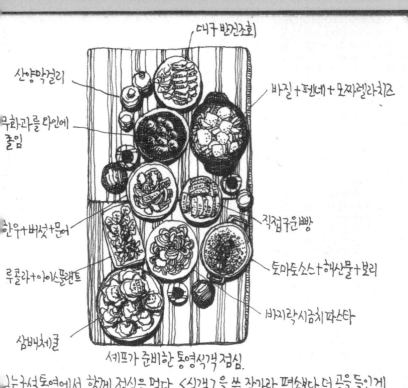

대구 반건조회

산양막걸리

무화과를 타임에 졸임

바질+펜네+모짜렐라치즈

한우+버섯+문어

루콜라+아이스플랜트

직접구운빵

토마토소스+해산물+보리

바지락시금치파스타

삼배추쿨

세프가 준비한 통영식객 점심.

나는 구석 통영에서 함께 점심을 먹다. <식객7을 쓴 작가라 평소보다 더 공을 들인게 아닌가 싶다. 통영에서 나는 먹거리를 바탕으로 세프가 솜씨를 내어 한식+양식, 비료+레시피+조리법+아이디어를 묶어내다. 특히 삼배추쿨을 처음 먹어본다. 유전자변형이 아닌 육종기술로 키워내 안심하고 먹어도 된다. 다만 귀하고 비싸다는게 결국은 세프덕분에 즐긴 셈이다. 또 하나 바닷바람 맞은 시금치도 빼놓을 수 없다. 몸통이 작고 뿌리 끝이 무척 빨갛다. 이 부분이 굉장히 달아 데치거나 국을 끓이면 한결 맛있다. 가볍게 데쳐 고추냉이.오일.간장으로 맛을 낸 소스에 찍어 먹는다. 파스타도 그만이다. (벌써 먹고싶다. 숟가락도 아직 안 내려놓았는데.)

버리지 말고 맛있게 드세요!

서피랑에서 통영바다를 보고
한옥스테이에 들르다<김약국의
딸들기에 등장하는 하동집이다.
저녁 행사전에 머리를
다듬겠다고 하신다. 윤근에게
물었더니 중학교부터 줄곧 다닌
동네 미용실로 이끈다. 더도
덜도 아닌 진짜 동네 미용실.
'윤근이 왔다. 언제 제대했노'
'벌써 3년 넘었심더'
요즘에는 다른 지방갈때마다
거기서 머리를 깎는다고.

어디서 많이
보았는데...

북토근 전 물메기탕을 먹다.
요즘 제철이라 찾는 사람이 많은데
실제로 그리 많이 잡히지 않는단다.
예전에는 거들떠 보지도 않았다던데
어족자원이 줄긴 줄었나보다. 정원이
예쁘기로 소문난 집에서 소주 한잔을 곁들여
호로록거리며 마셨다. 그리 좋아하진 않는
이집 물메기탕은 괜찮았다. 딸이 홍대
무대륙을 운영한다니 음. 어쩐지 분위기가
예사롭지 않다 싶었다.

행사를 마치고 뒷풀이는 늘 그랬듯이
믿는구석통영에서. 통영친구들을
만나보고 싶다고해서 자리를 만들었는데 서울과 목포에서도
찾아왔다. 제주바람커피 이담형님도 오다. 덕분에 제대로
풀었으며 설거지도 많이 했다. 그래도 친구들이 장보고
가메기 주문하고 회떠오고 굴 삶은 덕분에 잘 마무리했다.
형님은 조금 놀라서 내게 귓속말로.

　 ' 밥장. 시장 나가도 되겠어 ' 라고 한마디 건네셨다.
' 아니에요. 형님. 형님이 타주신 덕분에 제가 카운-면이 섰습니다. 하하하 '
외기로 약속했으면 어쨌든 모셔야 한다. 그래야 큰소리 한번 칩니다.

1월 7일 (일) 가끔 비가 내리는
- - - - - - - - - - - -

올해 들어 처음이다. 연말부터 연초까지는 서울에서 돈 버는 그림을 그렸다.
화장품 패키지를 그렸고 뉴질랜드산 호주 반광기 념품도 그렸다. 써책 출간 행사도
치렀다. <과학책방갈다> 주주들과 만나 이야기도 나눴다. 그리고 오늘 차를 몰고
통영에 오다. <수다> 사장이 내려준 커피를 마시니 도착했구나. 안도감이 든다.
목포에서 도시재생 프로젝트를 하느라 바쁜 강제윤 시인이 <멍게가> 상희형라
함께 살짝 비틀거리며 카페에 오다. 손에는 나베기가 든 접시를 든 채.
<이중섭 식당>에서 <거북선 호텔> 설대표랑 저녁 먹으며 거나하게 한잔했다고.
주인이 직접 말린 나베기인데 남은 걸 다 가지고 왔단다. IPA와 함께 된장에
과메기를 찍어 먹는데 의외로 괜찮다. 파는 것보다 훨씬 기름지고 고소하다.
　　　　　바닷바람에 말린 생선. 특히 통영사람들이 말리면 더할 나위없이 제대로
　　　　　생선 말리는 유전자를 타고나는가 싶을 정도다.

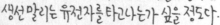

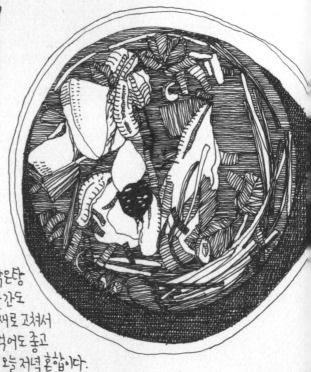

<동광식당>. 졸복맑은탕
반찬깔끔하고 국물간도
적당하다. 가게도 새로 고쳐서
깨끗하다. 같이 먹어도 좋고
혼자먹어도 좋다. 오늘 저녁 흔합이다.

1월 9일 (화) 맑다. 점점 추워진다. 애써 영하로 내려가려는듯

어머니가 통영에 오다. 바람쐬고 맛있는 것도 함께 먹으려고 오시다. 저녁에 버스
터미널에 도착해서 차를 타고 마중을 가다. 잠깐 마트에 들러 라임과 계피를 사다.
뱅쇼마시며 이야기하면 좋을듯 해서다. 미리 잘라서 설탕에 재워둔 라임에
라임과 '물'을 넣고 계피를 곁들여 끓이다. 지난번보다 훨씬 부드럽다.
어머니는 태어나서 처음 마셔봤다며 홀짝홀짝 맛있게 드신다. 다행이다.

잠자리가 바뀐 탓인지 부처님 방에서도 쉽사리 잠들지 못한다. 덩달아 새벽3시에
일어나 뒤척거리다 5시 조금 넘어 방에서 나오다. 새벽시장인 서호시장에 함께
가자고 하다. 여름이면 벌써 열고도 남았을텐데 겨울이라 아직 새까맣다.
지금 겨우 화톳불을 지피며 언손을 녹인다. 애써 문을 연 가게에서 깐 굴 만원어치,
통영산 시금치 한단, 그리고 풋마늘을 사다. 2만원이 채 되지 않게 아침장을
마무리하다.

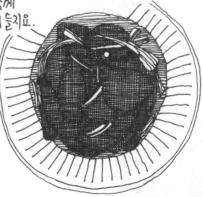

시금치라 봄동을
살짝 데친다음
와사비 드레싱을
찍어먹으면 끝!
일제도 좋은데
국산도 잘 나와요.

파입니다.
풋마늘이에요.
깨끗하게 씻어서
회먹을때는 막장에
과메기는 김과 함께
봄이 조금 빨리 오는 기분이 들지요.

통영시금치된장국.
멸치, 보리새우, 다시마,
무, 고추를넣어 국물을 낸다.
그리고 데친시금치 넣고
된장풀고 맛간장과 소금
그리고 마늘을 곁들여
한소끔 끓인다.

탈것 없어도
다시 찾는 도시

'하늘엔 케이블카, 땅에는 루지'

　통영으로 들어오는 길목 광고판에 커다랗게 쓰여 있다. 케이블카는 한 해 140만 명, 루지는 180만 명이 찾으니(2017년 기준) 내세울 법도 하다. 이런 인기가 부러웠는지 주변 도시들도 따라하기 바쁘다. 양산은 신불산 자락을 깎아 통영보다 500미터나 더 긴 루지 트랙을 개통했다. 부산, 양산, 울산, 대구 사람들은 이제 루지 타러 통영까지 안 가도 된다고 홍보했다. 사천에는 바다 케이블카를 개통했는데 역시 통영보다 길다. 개통 100일 만에 누적 탑승객 37만 5천 명을 돌파했다고 자랑한다. 이것뿐인가. 창원에서는 음지도와 소쿠리섬을 잇는 짚트랙을 개장했다. 현수막과 전단지로 무장한 창원시 홍보단은 통영과 사천 케이블카, 양산 루지 탑승장까지 깊숙히 침투해 통영, 사천, 양산에 없는 짚트랙을 알리며 게릴라 홍보전을 펼쳤다. 이에 질세라 케이블카와 루지의 원조 통영에서는 미륵산 자락을 또 깎아 두 번째 트랙을 개장했다. 케이블카 인기는 2018년 시장 선거에서도 식을 줄 몰랐다. ㄱ후보는 새로운 케이블카 두 곳을 더 개통하겠다고 밝혔다. ㄴ후보는 통영 입구부터 시내까지 친환경 하늘전차 스카이트램을 세워 교통난을 해소하겠다는 공약을 내걸었다. 불행인지 다행인지 ㄷ후보가 시장으로 당선되었다. 새로운 탈것을 개발하느라 여념이 없는 모습을 보며 정말 케이블카와 루지를 타러 통영에 오는지, 한 번 타 본 사람이 또 타려고 얼마나 다시 오는지 궁금했다. 정확한 통계는 알 수 없지만 적어도 나나 내 주변 사람들은 조금 다른 이유로 통영을 다시 찾았다.

며칠 전 봉수골에 흑백사진관이 생겨 인사나 할 겸 찾아갔다. 오래된 2층 주택을 고쳐 1층은 사진관과 캘리그래피 작업실로 2층은 사는 집으로 꾸몄다. 어딘가 낯이 익다 싶었는데 알고 보니 몇 년 전 서울 인근 카페에서 만난 주인장이었다. 어떻게 여기까지 왔는지 물으니 대뜸 "밥장 때문에 왔지요"라며 껄껄 웃었다. 부부는 5년 넘게 운영한 카페를 작년에 그만두었다. 차곡차곡 쌓인 피로와 돈독으로 견딜 수 없었다. 여행 삼아 통영에 왔다가 미수동에 아파트를 빌려 눌러 앉았다. 1년 동안 이곳저곳 다니며 쉬다가 올해 4월 이 집을 사서 직접 고친 뒤 사진관을 열었다. 예약을 받아 사진을 찍고 저녁 먹기 전에 문을 닫는다. 뭘 해야 할지 모를 만큼 시간이 남는다며 활짝 웃었다. 적어도 그는 케이블카나 루지를 타려고 통영에 자리 잡은 건 아니었다. 통영은 살아 볼수록 조금씩 알게 되는 것들로 차고 넘친다. 회 한 접시 후딱 해치우고 바삐 떠나는 1박 2일로는 도저히 알 수 없다.

아테네에서 만난 그리스 친구는 팔 수만 있다면 그리스 하늘은 최고의 수출품이라고 했다. 그리스에 다시 간다면 하루 종일 카페에 앉아 커피를 홀짝거리며 파란 하늘을 느긋하게 즐기고 싶다. 통영도 팔 수 없는 귀한 것들로 가득하다. 애써 볼 것과 탈것을 만들어 내야 한다는 강박에서 벗어나도 괜찮다.

통영과 서울을 오가면서 입맛은 까다로워졌고 공기에 예민해졌다. 아예 모르면 그러려니 넘어갈 수 있겠지만 한번 맛 본 뒤로는 의식하게 된다. 과학실험에서 왜 대조군을 중요하게 여기는지 알 것 같다. 해산물을 서울에서 먹는다는 건 이제 상상할 수 없다. 집에 가면 (이젠 어디가 진짜 집인지 헷갈린다) 제철 음식이 기다리는데 굳이 소금물에 찌든 걸 비싸게 주고 먹을 이유가 없다. 공기도 미웠다가 통영가서 잔뜩 마시고 싶다.

오는 21일 통로 창립 총회를 거북선호텔에서 연다. 2018년에는 어떤 활동을 할건지 발표한다. 디자인을 담당하기에 로고를 만들고 스티커도 그려본다. 로고는 소반을 모티브로 소반위에 통영풍경과 다양한 문화재를 올려놓았다. 스티커는 조금 경쾌하게 풀었다. 통영사람에게는 각별한 소울푸드인 볼락을 소재로 삼았다. <그리기 주인장 정하에게는 뱃지를 만들어달라고 부탁했다. 앞으로 통로를 후원하는 분들에게 드릴 선물이다.

통로
통영에서 길을 찾다

순수한 땀 한 땀 만든다.
정하표 통로 볼락 뱃지.

수요일부터 금요일까지 구마모토현에 다녀오고 토요일 늦게나 일요일 아침 일찍 통영에 다다렀다. 오랜만에 파워포인트 실력을 발휘해 볼까나.
(회사다닐때 기획서/제안서는 거의 내 몫이었다. '파닭' 밥상.)

'지금, 통영을 위해 무엇을 해야 할까?'에 대한 답 찾고자 모임 창립
책방지기, 카페주인, 일러스트레이터, 건축사 등 다양한 회원 구성
통영을 배우고, 현실에 귀를 기울이며, 재미나게 알린다는 활동 포부
올해 6월 지방선거가 있는 만큼 유권자 참여운동도 벌인다는 구상

신생시민모임 '통로' 창립... "현실에 귀 기울이겠다" <미디어스통영>

우리끼리 창립총회하자고 했지만 시작한거 제대로 하자고 했다.
파워포인트로 자료 만들어 프레젠테이션도 하고 기자들과 지역 유지도 불렀다.
통영 거북선호텔에서 흔쾌히 컨퍼런스홀도 내어주었다. 손님이 오셨으니
간단한 다과와 차도 준비했다. 통큰 설대표는 회원들이 낸 식사회비에
덧붙여 손님들까지 저녁을 대접했다. 창밖으로 거대하게 통영대교가
번쩍거렸다. '우리가 알고 있는 통영'과 '지금, 통영' 사이.
아름다운 바다의 땅, 예술인의 고향, 유무형 문화재다 골목이 살아있는 도시.
하지만 지금 눈에는 세금을 들여 아무도 찾지 않는 광장을 짓고
강구안을 유원지로 바꾸려하고 통제영 옆에 고층 아파트를 올리는 모습이
보인다. 통영을 배우고, 현실에 귀 기울이며, 재미나게 이곳을 알려보자.
통로가 해야할 일이다. 디자인위원장 (에헴!) 으로서 할일이 많다.
첫번째로 만든 뱃지와 차량용 스티커는 다행히 반응이 좋다. 기념품하나
변변한 게 없는 동네 (물론 공예품이나 인간문화재 작품도 꽤 있습니다만
자잘한 기념품은 부족한 게 사실입니다)에 재미난 물건들을 선보이고 싶다.
김대표와 함께 믿는구석통영 이름으로 참여하기로 하다.

대매물도
장군봉에서 바라본 소매물도

"소매물도가 아니라 대매물도요?"

여객선 터미널 창구에서 다시 한 번 확인한다. 아무래도 주민처럼 보이지는 않으니 섬을 둘러볼 심산이리. 그렇다면 유명한 소매물도를 찾을 게 분명한데 대매물도를 간다고 하니 다시 한 번 다짐을 받는다. 맞다, 나는 조용한 대매물도로 간다. 한 시간 사십 분 정도 걸리니 통영 섬치고는 꽤 멀다. 신분증을 확인하고 전화번호까지 입력해야 표를 살 수 있다. 배 타기 전에 한 번 더 표와 신분증을 살펴본다. 표에는 이름, 생년월일, 성별, 연락처까지 빠짐없이 적혀 있다.

약 한 시간 반을 걸어서 대매물도 장군봉에 올랐다. 기타노 다케시였던가. 포르쉐인지 페라리인지 아무튼 유명한 차를 사고 친구에게 키는 건네고 자기는 타던 차를 탔단다. 그래야 달리는 포르쉐를 볼 수 있으니까. 소매물도를 보려면 대매물도 장군봉에 와야한다. 아무도 없는 전망대에 앉아 시원하게 바람 맞으며 소매물도를 그린다. 너 참 예쁘구나.

항구에서는 돌미역을 말리고 있다. 맛있게 비릿한 냄새가 가득하다.
돌미역 외에도 성게, 벗굴, 톳, 문어, 방풍나물이 유명하다.

대매물도 둘레길인 해품길('바다를 품은 길')은
한산초등학교 매물도 본교 어린이들이 다니던 등굣길이었다.
1963년 세워져 42년간 아이들 가득했던 학교는 2005년에 폐교되었다.

장군봉에 오르면 선유도, 욕지도, 사량도, 거제도, 남해까지 물론
대마도까지 볼 수 있다. 그래서인가 일제강점기 일본군이 포진지로
쓰려고 장군봉 아래 여섯 개 동굴을 팠다. 장군봉이지만 장군이
태어나길 바라지 않았다. 힘센 사람, 권력은 결코 약자편에
서질 않는다는 걸 고통 속에서 터득한 게 아닐런지.

장군봉 아래는 꼬돌개라는 마을이 있다. 1810년 처음
정착했는데 1825년 순조 25년 흉년과 전염병으로
모두 죽었다. 사람들이 꼬돌아져서
(고꾸라져서) 꼬돌개라 불렸다.

다른 장군봉은 어떨지 궁금해진다.
　　수만둥은

뱃길에서 통영을 보다.
바다를 바라보는 통영보다
바다에서 본 통영이 훨씬 아름다웠다.

장사도
사계절 꽃이 지키는 섬

장사도로 떠나는 유람선은 여객선과 달리 무척 흥겹다. 선원들도 흥을 돋우려고 애쓴다. 어머니들은 나 수영 못 하는데 빠지면 어떻게 하냐고, 구명 조끼를 입어도 안 뜨는데라며 끊임없이 수다를 떤다. 정답이나 대책을 원하기보다 함께 깔깔거릴 수 있다는 게 어머니들에겐 더 중요해 보인다.

장사도 해상공원이 생기기 훨씬 전 80여 명이 장사도에 살고 있었다. 1972년에 장사도 분교에 부임한 선생님은 섬사람들과 함께 섬을 가꿨다. 선생님과 주민들의 이야기는 1973년에 <낙도의 메아리>라는 영화로도 제작되었다. 1974년 선생님이 떠나고 마을 사람들도 하나씩 떠나 1986년 장사도는 무인도가 되었다. 2011년 7월 섬은 장사도 해상공원으로 다시 태어났다. 10만 그루에 달하는 동백만이 섬을 지킨 셈이다.

라란깡 안은 이미 즐겁다. 유람이니까!

장자도. 우리나라에 이런 섬도 있구나.
처음 외도에 갔을 때 느낀 새로움이랄까.
2시간동안 더할나위없이 환홀했다.
- 중앙광장에서 내려다 본 풍경.

장사도는 뱀섬이었지만 지금은
사계절 꽃을 피우는 꽃섬이다.

이순신 장군님 투어:
산책 뒤에는 영화 <하하하>를

강구안으로 이어지는 바닷길을 따라 한산대첩 병선마당에 왔다. 평소 차로 지나가며 늘 보았지만 걸어서 오긴 처음이다. 기사를 보니 408억 원의 국, 도, 시비가 들었다고 한다. 이 중 39억 원을 들여 조선수군군상 조형물을 설치했다. "이 사업이 완성되면 통영 관광 명물이 탄생해 케이블카와 동피랑, 테마섬 등과 연계한 관광 시너지 효과가 증대할 것"이라고 담당 공무원이 자신 있게 이야기했다. 와 보니 광장은 텅 비어 있었고, 영화 대사로 기억하는 문장만이 또렷이 새겨져 있었다.

"신에게는 12척의 전선이 아직도 남아 있습니다."

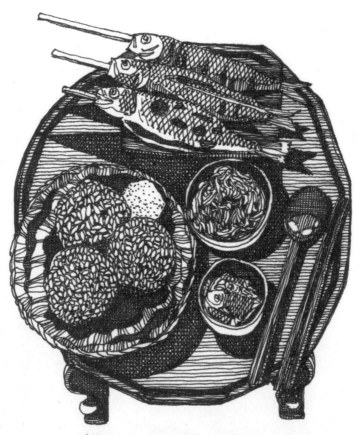

이상희형님이 철저한 고증을 거쳐 완성한 밥상이다.
전쟁 중 이순신 장군이 드신 통영밥상으로 조수수주먹밥, 청어구이
마리무침, 생선젓갈이 소반위에 정갈하게 놓여있다.
주먹밥은 보리밥이 아니라 거친 백미에 수수와 조가 들어갔다.
실제로 먹어보지 못했는데 형님 말로는 꽤 짜임새 있고 맛있다고 한다.
오늘은 하다보니 장군님 투어가 되고있네.

집에 돌아와 홍상수 감독이 만든 영화 <하하하> 또다시 본다.
통영에서 보면 8배는 더 재미나다. 문소리도 끝내주고 김상경은 제대로 능청스럽다.
홍 감독 영화중 가장 유쾌하고 밝고 사랑스럽다. (지극히 개인적인 생각입니다)
특히 꿈에 이순신 장군을 만나는 장면은 보고 또 봐도 흐뭇하다.

항남1번가부터 구도심
이중섭과 예술가들을 찾아

2010년 죽림에 방을 얻어 살 때만 해도 항남동은 통영 사람들이 자주 찾는 곳이었다. 그런데 지금은 '항남 1번가'라는 이름이 무색할 만큼 사람이 없다. 빈 가게도 하루가 다르게 늘어난다. 일제 강점기 통영에서 가장 번화한 거리였고 2000년대 초반까지도 여전히 중심가였다. 지금은 그저 망해 가는 지방 소도시 상가처럼 보인다. 하지만 일제 강점기에 예기조합 기생 33인이 태극기를 손수 만들어 만세 시위 운동을 했던 거리다. 시조시인 김상옥이 태어난 동네다. 어딘가 그들이 남긴 흔적이라도 찾을 수 있을까 몇 번을 왔다 갔지만 찾지 못했다. (물론 내가 못 찾은 걸지도 모른다.)

지금은 소도시에서 흔히 마주치는 가게지만 1975년도까지는 나전칠기장인을 가르치고 배출하였다. 1951년 조선시대 12공방의 맥을 잇기 위해 이곳에 경남도립 나전칠기기술원양성소를 설립하였다. 이후 많은 장인들이 거쳐가면서 70년대 통영나전칠기 전성기를 이끌었다. 1952년 봄부터 1954년 봄까지 이중섭은 통영에 머물며 이곳에서 데생을 가르치기도 했다. 현재 통영옻칠미술관 관장이자 옻칠작가인 김성수도 여기에서 배웠고 강의도 했다.

배우고 가르치며 교류하던 통영의 '힙플레이스'에 조그마한 돌비석 하나 남긴 채 횟집과 카페로 변했다. 건물은 어쨌든 남았지만 사람들은 더이상 모이지 않는다. 통영은 문화예술의 도시이겠다.

나전칠기기술원양성소 푯말

· 이중섭 비석.

"이중섭의 통영시절은 그의 작품활동 중에
르네상스라 평가되는데 여기서 그는
시인 김춘수와 유치환을 비롯한 벗들과 즐겨
술을 마시고, 활발한 작품 활동을 했다."

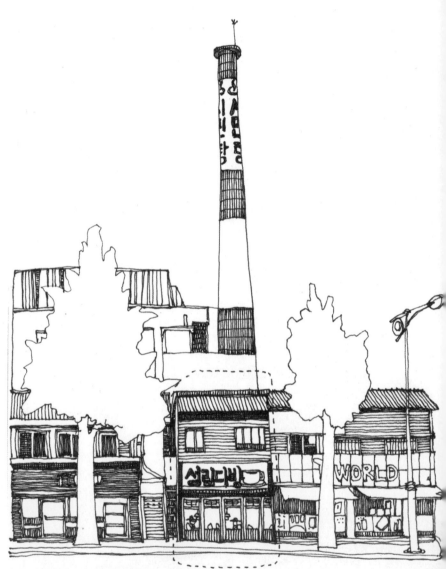

이중섭 첫 개인전은 통영 성림다방에서 열었다. 현재 우리은행 맞은편 상가에 있었다는데 확실치는 않다. 하긴 생겼다 사라지는 카페나 커피숍 역사를 누가 꼼꼼히 챙겼겠는가? 상상으로나마 아쉬움을 달래보며 뜨거운 커피를 홀짝거린다.

통영길을 제대로 즐기려면 약간의 상상력과 긍정적인 현실 인식이 필요하다.
사랑하는 것은 / 사랑을 받느니보다 행복하나니라 /
오늘도 나는 / 에메랄드빛 하늘이 환히 내다뵈는 /
우체국 창문 앞에 와서 너에게 편지를 쓴다
우체국이 낭만공간으로 여긴다면 8할은 유치환이 쓴 시 〈행복〉 때문이지 않을까.
통영중앙동우체국이 바로 그 우체국이다. 그때는 통영우체국이었다.
마음의 연인 이영도에게 5천통을 보냈다고 한다. 바다와 햇살 그리고 달달한 사랑이
넘칠듯도 한데 여느 우체국과 다를 바 없다. 창밖으로 앞 건물만 보인다.
상상력과 그래 그럴수도 있다는 긍정 가득한 마음으로 봅시다.

충무교회를 가만히 보고있으니
지나가던 차가 내 옆으로 바싹 붙는다.
"113년 됐어요. 이 교회"
웬 아주머니 한분이 묻지도 않았는데
한마디 건넨다. 1905년
호주선교사 아담슨이 세웠다.
그뒤 진명유치원, 야학교, 강습소를
차례로 지었다. 윤이상, 유치환,
박경리, 김춘수도 이곳 출신이다.
최근 <1987> 영화 촬영지로 더욱
알려지다. 설경구 (김정남)가
도망치던 그 교회 맞다.
옥탑과 첨탑이 있는 교회를 찾다가
여기에서 찍게 되었다고 한다.
통영부심
여기도 예외는 아니다.

＊2004년 기사를 보니
통영중앙동우체국을
청마우체국으로 바꾸려는
개명작업을 했다는데
아직까지 바뀌지 않았다.
2018년인데...

이중섭에게 통영은 어떤 곳일까.
통영은 아무런 요구 없이 그가 최고의
작품활동을 할수 있도록 보살폈다.
이곳에서 그 유명한 '흰소'와 '황소'
'부부' '가족' '달과 까마귀' 같은
대표작 외에도 '푸른 언덕'
'남망산 오르는 길이 보이는 풍경'
'충렬사 풍경' '복사꽃이 핀 마을' 등의
풍경화를 그렸다. 만약 그의 혼백이
꼭 가보고 싶은 곳이 있다면
통영이 아닐까.
〈 최광수의 통영 이야기 〉중에서

CHAPTER 3

통영살이는
사람이었다

1월 30일 (수) 흐림.

〈봄날의 책방〉에서 출해 나올 책에 대해 이야기 나누다. 통영 1년차 식구에게
도움되는 말을 많이 듣는다. 통영을 어떻게 받아들여야 하나... 고민이 된다.
지금까지 친구들이 생겨 행복하다. 그러다보니 통영에 대해 깊이있게
들여다보지 못했다.

독일에서 인정받고 세계적인 음악가가 되었는데도 통영을 그리워한 이유가.
구십이 넘도록 지칠줄 모르고 화폭에 통영을 담고 또 담은 원동력은...
그렇게 고생을 하던 지긋지긋했던 통영이 사랑스럽게 묘사된 건...
남해안 별신굿이 아직 버티고 지금은 쓰지 않는 물건을 고집스레 만드는
염장. 나전 칠기장, 소목장, 두석장. 통영에 온지 1년이 지났는데 도무지
이유를 모르겠다. 오히려 오기전에는 명쾌했다. 통제영이 있었고
먹거리가 넘쳤으며 풍경이 아름다웠으니 시 한수 그림 한점이
절로 나왔으리라. 그렇다면 20세기 중반까지 그렇게 많던 통영
예술가들이 왜 지금 여기에는 없는걸까? 여전히 통영에서 나고 자라는데
말이다. 빛바랜 사진만 바라본다면 답은 더욱 찾기 어렵다.
예전에 있고 지금은 없는 것을 찾아내기. 화양연화 통영을 위한
첫걸음이 아닐런지. 이제라도 차근차근 알아보련다.

통영밴드 〈어쿠스틱로망〉이야기를 중앙Sunday 에 올렸다. 음악으로 먹고살기.
애초부터 쉬운 일은 아니지만 지역 태생 밴드라서 받는 상처(?)는 조금 남다르다.
동네 밖에서는 그래도 대접받는데 여기서는 쉽게 쓰인다.'통영 아니가.' 한 마디로.
가까울수록 가치가 드러난다는 생각은 착각일지도 모른다. 가장 서로를 잘 안다는
가족 사이에서 얼마나 많은 문제가 생기는지 (이미 많은 분이 겪고 있을듯)
그저 힘내고 버티라는 말밖에 지금은 할 수 없네. 괜히 미안하다.

동부 　　대현 　　왕근 　　지훈

· · · · · ACOUSTIC ROMAN · · · · · · · ·

바람은 불었고 우린 버틸 힘이 없었지
그 흔한 소주 한 잔 나눌 시간조차
허락되지 않았지
시간은 흘렀고 우린 다른 길을 걸었지
하지만 그 날의 기억을 버릴 수는 없었지
I wish I go back
우리 다시 함께 할 수 있을까
우리 다시 타오를 수 있을까
언젠가 우리 걷는 이 길이
다시 만나게 되길
Someday we will burn again

〈Long time ago〉 중에서

그들이 노래하는
'통영 이야기'

며칠 전 김탁환 작가가 통영을 찾았다. 새로 나온 소설을 홍보하려고 시민들과 만나는 자리였다. 전혁림미술관에서 열렸는데 무려 백 명이 넘는 분이 돈을 내고 찾아왔다. 규모 있는 도시의 백화점이나 기업에서는 마케팅을 위한 수단으로 문화센터 등을 운영하지만 지역 시민들에게는 작가나 예술가, 다양한 전문가들을 만날 흔치 않은 기회다. 지자체나 도서관에서도 행사를 마련하지만 다양한 수요를 맞추기에는 아무래도 부족하다. 그래서인지 작가들이 통영을 찾을 때마다 눈에 띄게 많은 사람들이 모인다. 강연에 앞서 밴드 어쿠스틱로망이 노래와 연주로 분위기를 띄웠다. 중간에 '통영 이야기'를 연주했는데 직접 작사 작곡한 곡이었다. 통영을 기분 좋게 한 바퀴 돌아보는 듯한 가사에 멜로디도 어렵지 않아 쉽게 따라 부를 수 있었다. 산전수전 다 겪은 '전국노래자랑'의 사회자 송해도 애먹었다는 농담을 할 만큼 리액션 없는 통영에서 가볍게 박수까지 치며 '통통통통통통통영 라라라라랄라랄라'를 부르는 모습은 조금 낯설었다.

아름다운 동피랑 언덕을 지나/ 그림같은 이순신 공원을 걷네/ 달짝찌근 맛 좋은 꿀빵을 손에 들고/ 함께가요 통영/ 한산도 비진도 장사도 매물도/ 아름다운 섬들의 노래/ 새콤달콤 깍두기 오징

어무침 시락국에 충무김밥/ 힘들 때 웃자 다 함께 우짜/ … / 함께 해요 통영 함께해요 통영

어쿠스틱로망은 2016년 초 통영에 살며 일하는 직장인 네 명이 모여 결성했다. 처음에는 강구안에서 버스킹을 했지만 대구 포크페스티벌에서 입상을 한 뒤 입소문을 타고 진주와 창원에서도 단독 공연을 했다. 2017년에 낸 미니 앨범에 '통영 이야기'도 실려 있다. 여수에는 '여수 밤바다', 부산에는 '부산 갈매기'가 있듯이 통영에는 '통영 이야기'가 있다며 당당하게 소개했다.

지역에서 탄생했다 보니 통영에서 열리는 행사나 축제에 단골로 초대된다. 멤버들도 돈이나 다른 조건보다는 통영 사람, 통영 밴드란 자부심으로 공연에 나선다. 그런데 최근 한 멤버가 페이스북에 남긴 글을 우연히 읽었는데 대략 이런 내용이었다.

'통영 이야기를 부르면 다른 지역에서는 엄지손가락을 치켜세우는데 왜 여기서는 찬밥일까. 다른 지역에서는 지역 뮤지션을 해외까지 보내면서 홍보에 활용한다는데 왜 여기서는 동네 잔챙이로 여길까…. 이제 더 이상 이 노래를 부르고 싶지 않아. 이제 그만 이용 당할래.'

통영 앞에는 언제나 문화 예술의 도시가 붙는다. 박경리가 소설을 쓰고 김춘수가 동네를 거닐며 이중섭이 다방에서 개인전을 열고 유치환이 우체국에서 편지를 부치고 김상옥이 순애보를 남기고 윤이상이 중고등학교 교가를 지었던 시절엔 분명 그랬을지 모른다. 하지만 지금 통영과는 온도 차가 심하게 느껴진다. 지금 여기에서 활동하는 예술가들이 떠나는 만큼 거리에 붙은 통영을 빛낸 예술가들 사진도 더욱 누렇게 바랜다.

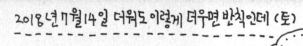

<이토록
고고한
연예>
김탁환 작가

<마녀체력>
이영미 작가

®
모노드라마
흑백사진관

흑백사진×캘리그라피
5,000원 /장당

예약문의
010 3607 6761
monodrama665.modoo.at

골목안으로 10m만 들어오세요 ➜

오랜만에 통영이다.
오사카 출장, 싱가포르 출장에 대만 출장?
오래도록 떠나있을수록 내 집은 어디인지
더욱 구체적으로 가늠하게 된다.

통영은 뜨겁다 못해 아플 만큼 햇살이 강렬하다. 한낮에는 사람 보기가 어렵다.
(그렇다고 저녁에 만만치도 않다) 며칠 전 개업한 흑백사진관에 인사하러
들르다. 낯익은 얼굴이었다. 분당에서 카페를 하던 분인데 모두 접고 봉수골에
자리를 잡았다고 한다. 앞으로 친구들이나 과학자가 오면 꼭 들러야지. 사진이
흔한 시절이지만 작은 아이디어와 배려, 기쁘운 정감에 마음은 늘 움직인다.
잘 될거라 믿는다. 좋은 사람이니까.

· 어제 부산 강의를 마치고 버스를 타고 통영으로 돌아왔다.
  바로 잠든뒤 밤늦게 일어나서 아주 늦은 저녁을 먹었다.
  이제야 선선해져 정신을 차려
  <이토록 고고한 연예>를 읽기 시작했다.
· 작가가 강의한 것보다 훨씬 재미있다.
  결국은 사람, 사람에 대한 믿음뿐.
  재미없지만 결코 틀리지 않는 교훈을
  무척 재미나게 풀어간다. 두꺼워서
  참 다행이다. 신에게는 아직
  (못 읽은) 390쪽이 남아 있습니다.

하루종일 바라봤다. 네 얼굴.

· 새벽에 잠깐 잠든뒤 11시 정도에 다시 일어났다. 더워서 깼다.
  그래도 지난주 여기 와서 에어컨은 한번도 안 틀었다. 마음 놓고 큰창을
  열어도 보이거나 볼 사람이 없다. 낯선 사람이 기웃거리거나 도둑 맞을 일도
  거의 없다(고 믿으며 산다.) 장마가 끝나서 습도가 낮아져서 선풍기로
  버틸만하다. 어쨌든 서울보다는 더위도 순박하다고 할까.

  또다시 마루에 누워 소설을 집어들었다.
  '해답은 모르겠지만 그 문제가 당신에게 얼마나 중요한지는 알겠다고
   받아주는 게 전부입니다.'
  김탁환 작가는 앞으로 소설을 '보고 쓰지' 않고 귀로 들으며 쓰겠다고 했다.
  그는 주인공 달문을 통해 각오를 다지는듯 느껴진다. 작가가 내 책에
  사인해 주었는데 '달문이 당신입니다' 라고 덧붙였다.

· 알고보니 복날이라 마트에서 생닭을 샀다. 닭 껍질과 똥집을 떼어내고
  깨끗이 손질한 다음 파, 양파, 통마늘, 고추, 철계수잎, 마늘대, 후추와
  한약재 팩을 넣고 푹 삶았다. 미리 불려둔 보리로 밥을 지었다. 물량을
  제대로 맞춰 밥알이 동그랗고 달게 씹힌다. 목요일에는 밥 못 챙겨먹는 줄
  알고 셰프가 맛있는거 해주겠다고 약속했다. 伏날이 福날이다.

나를 반기는 두 번째 집

시간 날 때마다 동네 구석구석을 다니며 새로운 친구들을 만났다. 미술 축제에도 참여하고 골목길 안전을 지키는 캐릭터로 만들었다. 시민단체에 가입해 포스터나 홍보물에 필요한 그림도 그렸다. 한 달에 한 번씩 과학자를 초대해 별과 물리와 진화에 양자역학의 세계까지 선보였다. 한 번 움직인 물체는 여간해서 멈추지 못하듯 통영에서도 마찬가지였다. 믿는구석통영에 이어 미륵도 봉수골에 두 번째 집을 계약했다.

시내와 미륵도 사이로 운하가 가로지른다. 배들이 섬을 돌아가지 않고 곧장 바다로 빠져나가게끔 일제 강점기에 만들었다. 해저 터널도 이때 개통되었다. 통영대교나 충무교를 건너면 금세 봉수골에 이른다. 전혁림미술관부터 길이 끝나는 용화사까지 언덕길 양쪽으로 벚나무들이 넉넉하게 그림자를 드리운다. 조용한 동네에 몇 년 전 책방이 생기면서 일부러 찾아오는 관광객들이 늘어났다. 아귀나 꽃게찜을 팔며 오래된 입맛을 지키던 골목에는 드립커피와 마들렌을 파는 카페들이 자리 잡았다. 얼마 전에는 일본식 튀김덮밥집까지 문을 열었다. 전혁림미술관과 책방 옆 작은 골목의 2층 주택을 샀다.

통영에서 머물수록 사는 집 외에 사람들을 만나고 어울릴 수 있는 공간이 필요했다. 친구들에게 정보를 얻고 부동산을 들락거리며 알아보았지만 위치나 크기, 가격이 맞지 않았다. 믿는구석통영처럼 나를 반기는 집이 없었다. 1년 반 동안 부지런히 발품을 팔아도 못 구했는데 한 달 전에 느닷없이 나타났다. 집 주인은 통영에서 나고 자라 오랜 시간 교직에 몸 담은 화가로, 새우를 그린 문인화 작품으로 유명했다. 집을 지은 뒤 무려 40년을 살았지만 나이와 건강 때문에 할 수 없이 아파트로 옮기면서 급하게 내놓았다. 김 대표가 먼저 찾아가 스마트폰으로 마당을 찍어 보냈고 곧바로 결정했다. 그토록 찾았던 나를 반기는 집이었다.

차 한 대가 겨우 들어가는 골목엔 담벼락을 따라 능소화가 활짝 피었다. 얕은 담장 너머 마당 한 편에 작은 연못이 있다. 짙은 녹색 물 아래로 큼직한 금붕어들이 꿈틀거렸다. 손바닥만 한 개구리가 물빛에 몸을 숨긴 채 연못가에 매달렸다. 작은 거실은 벽지 대신 나무로 마감했고 천장까지 이어져 답답하지 않았다. 2층으로 올라가는 나무 계단은 얼마나 많이 오르내렸는지 대리석처럼 반질거렸다.

이웃들은 어떻게 알았는지 계약한 사실부터 잔금 치르는 날짜까지 훤히 꿰고 있었다. 40년 넘은 집을 사서 도대체 뭘 하려는지 궁금해했다. "사는 집은 있으니까 이제 노는 집을 만들어야죠"라고 웃으며 대꾸하였다. 앞으로 어떤 공간이 될 지 머릿속으로 천천히 그려 본다. 통영 사람들에겐 더 넓은 세상을 경험하도록 돕고 놀러 온 사람들에겐 오래되었지만 여전히 새로운 통영을 보여주고 싶다. 1박 2일이면 충분한 관광 도시가 아닌 오래 머물며 살기 좋은 동네로 바꿔 보고 싶다.

2018년 7월 19일 (목) 여전히 더움. 올여름 최고로 무덥다.

몸이 온도계보다 정확하다. 11시가 되니 나도 모르게 방문과 창문을 닫고
에어컨 리모컨 스위치를 눌렀다. 이렇게 좋은 걸 진작 틀 걸 그랬다. 하루종일 누워서
책을 읽었다. <우리는 작게 존재합니다> 타라북스 이야기는 앞으로 통영에서
하게 될 일에 영감을 주었다. 덕분에 아무것도 안 했는데 의미있는 하루를 보낸 기

2018년 7월 20일 (금) 어제보다 조금 더 덥다

'스스로 <작게 존재한다>는 방식을 선택했다는 점'
타라북스 이야기를 읽으면서 자꾸 통영과 앞으로 통영에 새롭게 만들
공간과 일들에 대해 생각한다. 인도 소수민족 이야기와 핸드메이드는
대량생산과 대량폐기를 부추기는 자본주의 시스템에서는 틀린 접근이다.
그런데 타라북스는 살아남았을 뿐 아니라 처음 마음 그대로 책을 낸다.
직원들 역시 행복하다. 게다가 타라북스 책을 사랑하는 독자들은
가치를 인정하고 기꺼이 시간과 불편함을 받아들인다. 골목에는
능소화가 한창이다. 이 골목이 통영에 새로운 바람이 부는 중심이 되길.

2018년 8월 22일 (수) 언제 몰아칠지 모르는 태풍 전야. 고요.

요즘 통영에 붙은 포스터 중 가장 맘에 든다. 내가 그렸으면 더욱... (죄송합니다~)

····· 제1회 통영 인디 페스티벌 ·····

정량째미

빼빼책방

커피로스터스 수다

미륵미륵

버거싶다

싸묵 라떼

카페울라봉

정우, 안홍근, 몽림, 박연희, 도마, 에스테반, 곽푸른하늘, 이윤철, DJ SongBongki, MØEUV. 통영에 와주셔서 고맙습니다. 시작은 했으나 다음 과제는 지속적으로 할수 있는 방안, 달리 말하면 누구도 손해 보지 않는 방법을 찾아내는 것.

2018년 8월 24일 (금) 비가 올 줄 알았는데 천만다행. 화창함

동피랑 벽화 축제에 참여하다. 내가 생각하는 벽화의 개념과 너무 다르고 단가도 턱없이 낮아 처음엔 아예 할 생각이 없었다. 초대작가라고 하는데 홍보도 없고 담당자들도 하나까 하는, 열심히는 하지만 전문성은 그다지 느껴지지 않았기 때문이다. 그래도 통영에 있고 담당자 한 분이 꼭 해달라고 부탁해서 마음을 바꿨다. 결론적으로 하지 말았어야 했다. 담당자는 축제가 시작되기 전에 퇴사했고 처음에 약속했던 제작비는 삭감되었다. 페인트는 지원하기로 했는데 다른 작가들이 다 썼다며 직접 사서 써야 했다. 벽화 위원장은 이런 상황에 최소한의 사과도 없이 다짜고짜 시안부터 보여달라고 한다.

컨셉은 동피랑 화이트. 몰려드는 관광객과 관심에 비해 수준낮은 그림을 견디기 어려웠다. 게다가 아이들 솜씨라며 유명한 캐릭터나 다른 작가들 그림을 버젓이 베꼈다. 저작권을 협의하거나 작가에게 양해를 구했을 리도 없다. 한 마디로 근본없는 그림들로 가득했다. 부끄럽고 창피해도 모자랄 판에 올해도 똑같은 일을 되풀이해서 몹시 피곤했다. 그래서 깨끗하게 지우고 깔끔한 골목으로 리셋하자는 뜻에서 하얀 벽에 최소한의 그림으로 마무리했다. 하늘이 돋보이는 흰색 언덕에 그림자가 그림을 그려주는 벽화마을 동피랑을 꿈꿔보았다.

… 과연 아무것도 없는 벽을 얼마나 견딜 수 있을런지 궁금하다.

동피랑은
흰색이어도
괜찮잖아

빗물 구멍 위에 그렸다.

덧-
11월 중순쯤 수다사장에게 카톡으로 사진을 받았다. 흰벽 위에 서툰 솜씨로 그림을 그렸구나. 견디질 못했구나. 아니다. 한 달 넘었으니 꽤 오래 버틴 거구나. 그리 받아들이고 잊어버리자.

- -

"내 공간 만큼은 멋지게 꾸미자!"
— 오늘의 교훈.

벽화 없는 벽화 축제

너무 뜨거웠던 여름과 힘센 태풍을 지나 통영에도 가을 바람이 불어왔다. 한 손에 꿀빵, 한 손에 생선 담은 스티로폼 박스를 든 관광객으로 넘쳐나던 강구안은 다시 작은 포구로 돌아왔다. 올해 남은 마지막 대목인 추석까지 강구안은 오롯이 가을과 통영사람들 차지다. 강구안 뒤편 언덕인 동피랑에 오르면 포구가 한눈에 내려다 보인다. 낮과 밤이 교대하는 개와 늑대의 시간이 길어질수록 배들과 바다, 동그란 섬들은 노을과 윤슬로 반짝거린다. 큰 창이 딸린 테이블에서 라떼를 홀짝거리는 것보다 구판장 어르신이 커피, 설탕, 프림을 황금 비율로 탄 다방 커피가 더욱 당긴다.

동피랑은 동쪽 언덕이란 뜻으로 조선 시대 통제영이 있을 당시엔 동포루였다. 간척사업을 하기 전이라 바다는 훨씬 가까웠다. 일제 강점기에 항구 노동자들이 모여들면서 가난한 사람들이 사는 달동네가 되었다. 바다로 남편을 보낸 아내는 배가 돌아올 때면 동피랑 꼭대기에 올라 어떤 색 깃발이 나부끼는지 가는눈을 하며 지켜보았다. 하얀 깃발이면 너나 할 것 없이 포구로 달려나갔다. 사고가 났다는 뜻이었으니까.

2000년대에 들면서 통영시는 낙후된 달동네를 없애고 동포루를 되살리며 공원을 만들 계획을 세웠다. 가난한 마을 사람들은 동네를 떠나야 할 처지가 되었다. 그런데 한 시민단체가 나서서 '달동네도 아름답다', '매끈한 관광지보다 삶이 남아 있는 동네를 꿈꾼다'며 공공미술 프로젝트를 시작했다. 2007년 벽화 공모전을 열어 골목 곳곳에 벽화를 그렸다. 그 뒤로 입소문을 타면서 동피랑은 벽화마을로 유명해졌다. 덕분에 동포루 복원에 꼭 필요한 세 채만 헐었고 마을 사람들은 동피랑을 떠나지 않아도 되었다. 여기까지가 우리가 알고 있는 동피랑에 관한 어여쁜 도시 전설이다.

그 뒤로 동피랑은 어떻게 되었을까?

벽화를 보러 전국에서 찾다 보니 동네는 금세 관광지가 되었다. 월세는 하루가 다르게 치솟았다. 작가들이 머무는 공간과 주민 스스로 먹고사는 공판장도 만들었지만 동네를 지키는 데는 역부족이었다. 결국 마을 사람들이 하나둘씩 떠나고 대신 카페와 레스토랑, 기념품 가게가 들어섰다. 달동네를 살린 벽화가 결국 관광객을 더 끌어모았다. 다른 지자체들은 동피랑 벽화마을 성공 사례를 본받아 앞다투어 제2, 제3의 벽화마을을 만들었다. 삶이 남아 있는 동네를 꿈꾸며 시작되었지만 벽화는 어느새 명소를 만드는 수단으로 변했다.

동피랑 벽화축제는 2년마다 한 번씩 열리는데 올해는 작가, 동아리, 학교 등 전국에서 121개 팀이 신청했고 심사를 거쳐 74개 팀이 참가했다. 120여 개의 벽화 중 88개가 새로운 작품으로 바뀐다. 축제가 계속되려면 벽화에 대한 태도도 바뀌어야 하지 않을까. 국내외 최고 작가들을 감독으로 초청해 동피랑 전체를 하나의 오브제로 새롭게 해석해 보면 어떨까 싶다. 하지만 기획과 운영과 실행, 그 어디에도 전문가의 손길이 보이지 않는다. 그렇다면 아예 벽화를 모두 지우고 사람 사는 동네였던 동피랑을 다시 보여 주면 어떨까. 문제가 생기면 전원을 끄거나 포맷하는 게 가장 효과적인 방법이다. 이번에 초대 작가로 참여하며 벽화를 지우고 하얀 벽만 남겼다. 사람이 살았던 동피랑, 벽화 없는 벽화 축제를 꿈꿔 본다.

바보 무당을 만나다

며칠 전 남해안별신굿 이야기를 들으러 가자고 했을 때는 '그럼 무당 만나러 가는 건가', '무당은 좀 무서운데'라며 살짝 겁먹었다. 통영과 거제를 비롯해 남해안 일대에 내려오는 전통을 배운다는 마음으로 친구들과 함께 이순신 공원을 찾았다. 공원 안 통영예능전수관에는 남해안별신굿 보유자인 무형문화재 정영만 명인이 산다. 벌건 부적들과 민화풍의 화려한 그림, 향 냄새 진동하는 곳이라 짐작했는데 자동차 좋아하는 아이가 있는지 거실에는 전동 자동차와 장난감 자동차들이 굴러다녔다. 여느 집과 다를 바 없었다. 옷이라도 개량한복 정도는 입고 있을 줄 알았다. 하지만 평범한 안경에 평범한 티셔츠, 평범한 바지까지 길에서 만나도 쉽게 지나칠 만한 평범한 어르신이었다. 무당과 무형문화재에 대한 내 예상은 보기 좋게 빗나갔다.

"굿을 한다면 무당을 떠올리죠. 무당이라면 당연히 영화 〈곡성〉에서처럼 휘파람 불고 장독대에서 죽은 까마귀 찾아내고 혼령도 불러내고요. 그런데 무당은 점 보는 사람이 아닙니다. 어느 목사님이 제게 진짜 혼이 보이냐고 물어보더군요. 그래서 '목사님은 보여요? 저는 안 보입니다'라고 대꾸했어요. 저도 사람인데 사람한테 귀신이 보일 리 있겠어요? 무당이 하는 굿은 죽은 사람이 아니라 살아남은 사람을 위로하는 행위입니다."

마주앉아 이야기를 나누면서 '굿=무당=무속인=미신'이라는 선입견은 조금씩 사라졌다. 남해안별신굿은 세습무로서 집안 대대로 내려왔다. 그는 11대째 대물림 받았으며 그의 2남 1녀 모두 국악을 전공하며 아버지 곁에 남아 대를 이으려 애쓰고 있다. 그에게 굿은 종교 행사보다 마을 축제에 가까웠다. 마을이 오랫동안 편안하길 기원하며 첫 번째 조상과 마을을 둘러싼 산과 물, 자연에게 제를 드렸다. 사람이 모이면 음악과 공연이 빠질 수 없다. 무당은 집기와 의상, 장신구부터 무대, 연주, 공연까지 모두 담당하는 이른바 종합문화예술인이었다.

이야기를 들을수록 굿은 일본 여행에서 보았던 동네 축제인 마쓰리에 가까웠다. 마쓰리는 동네 사람들만 참여할 수 있으며 (구경은 누구나 할 수 있다) 1년 전부터 동네 사람들이 자발적으로 준비한다. 그도 맞는 말이라며 굿은 동네 축제 문화로 일제 강점기에도 끈질기게 살아남았다고 하였다. 되레 해방되면서 이 문화는 사라졌으며 굿이라면 작두나 타는 광신굿이나 미신쯤으로 왜곡되었다며 목소리를 높였다. 그는 스스로를 바보 무당이라고 불렀다. 점도 못 보고 귀신도 못 부르니 무당으로서 할 줄 아는 게 없기 때문이라고. 그는 남해안별신굿의 대사산이로 으뜸이 되는 남자 무당이다.

한 시간 반 동안 편안하게 이야기를 주고받았다. 그는 젊은 친구들이 굿에 관심을 가져줘서 고맙다며 따뜻하게 악수를 건넸다. 그리고 몇백 년 동안 집안 대대로 내려온 보물인 부채를 꺼내 보여주었다. 만약 관광으로 통영에 왔다면 가까이서 편하게 만나진 못

했을 것이다. 그와 헤어지고 함께 온 통영 친구들과 맥주를 홀짝거리며 뒷풀이를 했다. 내년에는 꼭 다 함께 죽도에 가자고 다짐했다. 죽도는 한산도 옆 작은 섬으로 1년에 한 번 남해안별신굿이 열린다. 통영에서는 유일하다.

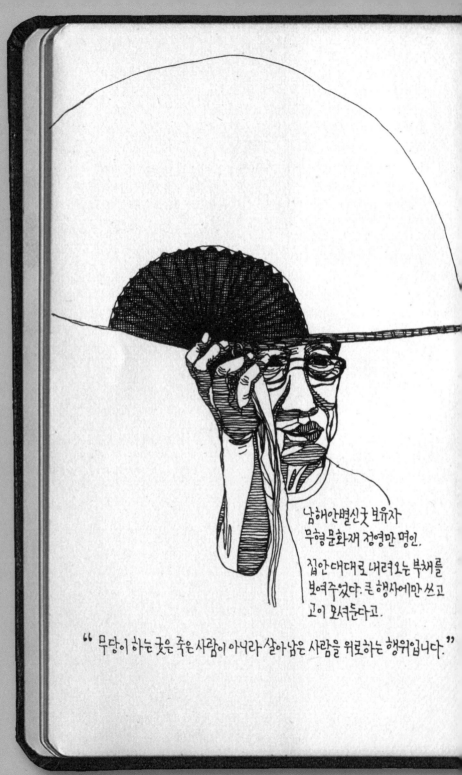

남해안별신굿 보유자
무형 문화재 정영만 명인.

집안 대대로 내려오는 부채를
보여주었다. 큰 행사에만 쓰고
고이 모셔둔다고.

" 무당이 하는 굿은 죽은 사람이 아니라 살아남은 사람을 위로하는 행위입니다. "

차를 버리고 탄 버스

통영에 집을 마련한 지 3년째. 통영이나 서울 어느 한 곳에 정착하지 못하고 여전히 '언저리너스'로 중심 없는 삶을 산다. 아무래도 그림을 맡기는 고객이 서울에 많고 여행 일로 인천공항에 가려면 서울에서 며칠 묵을 수밖에 없다. 처음에는 서울 은평구에서 통영 당동까지 직접 운전했다. 보통 다섯 시간 남짓이지만 강변북로나 고속도로까지 빠지는데 막히기라도 하면 시간은 더 걸렸다. 기름값도 만만치 않았다. 무엇보다 몹시 피곤했다. 졸지 않으려고 평소에는 입에도 대지 않는 에너지 드링크를 끊임없이 들이켰다.

서울에 차를 두고 고속버스를 탄 뒤부터 살 만하다. 강남이나 남부터미널에서 통영까지 네 시간 10분에서 30분 정도 걸린다. 남부터미널에서 타면 고성에 잠깐 들르지만 요금은 더 싸다. 자동차보다 훨씬 커다란 좌석에 앉아 음악 들으며 캔맥주 홀짝거리다 잠들면 어느새 통영이다. 버스에서 내려 서울보다 따뜻하고 깨끗한 공기를 한껏 들이마신다. 집까지는 시내버스를 탄다. 죽림을 거쳐 원문고개를 넘는다. 몇십 번을 보고 또 보았지만 언덕을 넘을 땐 나도 모르게 참 좋다며 한 번 더 감탄한다.

차가 없으니 시내버스를 타거나 가까운 곳은 걸어 다닌다. 늦게까지 술을 마시면 택시를 타기도 한다. 가끔 서울에서 친구들이 놀러 오면 여기도 대리운전이나 카카오 택시가 있냐고 묻는다. 전형적인 서울 촌놈이시다. 네, 다 있습니다. 당동에서 두 번째 집이 있는 봉수골로 가려면 충무교 입구에서 버스를 탄다. 자동차보다 높고 창이 크다 보니 양쪽으로 바다가 훨씬 크고 멀리 보인다. 왼쪽으로는 여객선터미널과 멀리 한산도가 보이고 오른쪽은 시드니 하버 브리지를 꼭 빼닮은 통영대교가 보인다. 다리를 건너 봉평오거리와 통영중학교를 지나면 봉수골에 도착한다. 10분도 채 걸리지 않는다. 통영 시내버스의 매력은 경치가 좋고 사람이 없으며 오래 타지 않아도 된다는 점이다. 버스 타면 귀에 이어폰 꽂을 새도 없단 우스갯소리가 나올 법하다.

버스 정류장에 내려 두 번째 집까지 천천히 걸어 내려온다. 골목 하늘을 채우던 벚나무 잎들은 하루가 다르게 떨어져 바닥에 쓸린다. 흑백사진관 입간판과 모퉁이 카페를 지나 왼쪽으로 꺾으면 작은 책방과 전혁림미술관이 나온다. 작은 골목을 따라 걸으면 도착한다. 짧은 거리인데도 동네 사람 한둘은 꼭 만난다. 그때마다 가벼운 인사만으로 넘어가는 법이 없다. 정원에 줄 비료는 냄새 안 나는 지렁이 흙이 좋다거나 새로 생긴 일본식 튀김덮밥집 튀김은 바삭하기보다 촉촉하더라 같은 깨알 같은 이야기를 길바닥에서 주고받는다. 5분이면 충분한데 10분, 20분이 걸리는 건 예사다.

버스가 좋지만 아직은 자동차가 많다. 휴가철이면 관광객들이 차를 끌고 오기 때문에 골목까지 막힌다. 하지만 휴가가 끝나면 본래 모습으로 되돌아온다. 통영 시내에서는 운전보다 산책이 좋고 차보다 자전거나 스쿠터가 더 편하고 자가용보다 버스가 훨씬 더 쾌적하다.

가격과 삶의 질은
비례하는 걸까

여행하는 일러스트레이터로 먹고살다 보니 자연스럽게 해외를 자주 다닌다. 두 가지를 크게 느끼는데 대한민국이 참 잘사는 나라라는 것과 우리나라 물가 경쟁력이 대단하다는 사실이다. 며칠 전 다큐멘터리 촬영 때문에 이란에 다녀왔다. 밥값과 교통비가 대략 5분의 1 정도였다. 석류와 과일, 양갈비는 매우 훌륭하고 맛있었다. 이웃나라인 투르크메니스탄을 여행하는 친구는 물 한 병에 70원이라며 한술 더 떴다. 잘 사는 만큼 비싼 거고 비싼 만큼 잘 산다고 할 수도 있겠지만 이란에서의 삶이 정확히 우리나라의 5분의 1 수준으로는 보이지 않았다. 어쨌든 대한민국 특히 서울에서 버티려면 세계적인 비용을 내야 한다는 사실엔 변함이 없다.

얼마 전 통영의 한 아파트로 이사 온 친구가 가볍게 집들이나 하자며 초대했다. 막 공사를 끝내고 이사를 와서 냉장고와 이불 몇 채, 의자 몇 개가 어색하게 놓여 있었다. 방 두 개에 화장실 하나, 거실과 부엌이 연결된 작은 아파트지만 앞뒤 창밖으로 충렬사와 서호시장까지 시원하게 보여 좁게 느껴지지 않았다. 와인과 맥주를 홀짝거리면서 어떻게 집을 구하고 이사까지 왔는지 한참 수다를 떨었다.

친구는 충렬사 아래에 자리 잡은 3동 5층짜리 아파트로 이사

왔다. 1976년에 처음 입주한 아파트라 엘리베이터와 지하주차장은 없지만 잘 관리해서 무척 깔끔하다. 주민들이 자율적으로 금연 아파트로 운영하기에 흔한 담배꽁초 하나 보이지 않는다. 만약 몰래 피우다가 걸리면 아파트 회장님의 불호령은 각오해야 한다. 충렬사와 서피랑, 서호시장과 여객선터미널과 가깝고 강구안과 통영운하가 한눈에 보이는 북포루까지 걸어갈 수 있다. 우연히 빈집이 나와 보러 갔는데 화장실 고치고 수리를 좀 하면 근사하게 변할 것 같았다. 가격도 서울에 비하면 굉장히 저렴했다. 마침 과학 강의를 준비하느라 서울에서 온 친구에게 이야기를 했고 무척 관심을 보였다. 그 뒤로 다른 친구들과 함께 통영에 오더니 그때마다 아파트에 들러 꼼꼼하게 살펴보았다. 몇 달 뒤 서울 사는 친구들과 돈을 모아 집을 산 뒤 대대적으로 수리하고 이사까지 마쳤다.

통영에 온 소감을 물었다.

"서울에서는 연남동에 사는데 동네는 좋지만 내 집은 좁고 비싸. 엄밀히 따지면 내 집도 아니지. 아주 비싼 월세를 내고 빌린 거니까. 이 아파트는 구입부터 수리까지 여섯 명이 똑같이 돈을 냈어. 니 집 내 집이 아니라 진짜 우리 집이 통영에 생긴 거지. 여섯 명이 나눠 내니까 6분의 1 비용으로 여섯 배 재산이 생긴 기분이 들어. 이런 셈이 맞는지 틀리는지는 잘 모르겠지만 말이야."

저렴한 부동산 가격과 탁 트인 경치도 중요했다. 하지만 여섯 명 모두 통영살이는 처음이라 가족이나 친척이 있을 리 없었다. 대신 밥 한끼 술 한잔 편하게 나눌 친구, 말 그대로 식구(食口)들이 있다는 점이 큰 몫을 차지했다.

2018년 8월 25일 (토) 비 오고 바람도 계속 부는 궂은 날씨

두번째집 전 주인한테서 사진을 받았다. 73년에 찍은 컬러사진 덕 장이었다.
집을 지을당시 건설현장이 담겨 있었다. 벽돌로 꼼꼼하게 쌓아가는 모습, 외장을
입히기 전 건물, 담배를 물고 잠시 쉬는 모습까지 생생하게 남았다. 건물앞은
바로 논이었고 뒤는 산이었다. 그야말로 허허벌판에 지은 것이다. 앞쪽 논에는
지금 식당이 된 커다란 주택이 들어섰고 집 양쪽으로 (한쪽은 완전히 같다) 집이
들어섰다. 뒷산은 그때나 다름없다. 이 집을 지은 뒤 2018년까지 무려 40년을
살았다. 사진은 스캔을 하고 돌려드렸다. 공사를 마치면 벽 한쪽에 걸어두려고
한다. 우리가 그만큼 또 아끼며 머문다면 이 집 자체가 통영에 남은 작은 역사가
되겠지. 지금껏 부서지고 사라진 것들까지는 어쩔 도리가 없다. 지금부터 기록하고
이야기를 담으면 되지 않을까 싶다.

새우 그림으로 이름을 날린 작가가 사셨다.
내외분 모두 학교 선생님이셔서 통영에서 나고 자란 친구들은 거의다 알고있다.
오래된 사진이 더 있으면 좋겠다.

어머니 집에서 오래된 사진을 찾았다. 어머니 말로는 할머니가 보관했던 거라고.
다섯 장인데 네 장에는 할아버지가 찍혀 있었다. 한 장은 결혼식 하객으로 찍었고
나머지 세 장은 모두 요정(처럼 보이는, 아냐 아무리 봐도 요정!)에서 찍었다.
그중 한 장에는 〈○○ 보험편리주식회사 창립기념〉이라고 적혀 있었다.

사진 속 할아버지는 지금 나보다 젊어 보인다. 멋스러운 머리 스타일에 깔끔한 정장까지.
할아버지에게 할 소리는 아니지만 조금 빼질빼질하다. 좋게 말하면 풍류가 넘친
한량이랄까.

1931년 4월 26일 설립한 ○○ 보험편리주식회사는 자본금 3만으로 각종 보험의 대리업
법인 및 개인의 재무 대행, 각종 대부업, 부동산의 매매 및 중개, 사채 주식의 모집 인수
중개 매매업을 하였네요. 이사는 전승환 하석진 김용선 강주완 전수환 노현기
감사는 김건하 김희수 최병기입니다. 혹시 할아버지 존함이 있으신가요?』
                                        — 김상헌 기자로부터

二0I8년 9월 II일 흐리지만 차분한 하늘 (화)

얼마전 방송에서 「306 할리우드」란 다큐멘터리를 봤다. 할머니가 돌아가
할머니가 남긴 물건들을 하나씩 정리하면서 그녀의 삶 속 깊이 들어간다. 할머니
한때는 잘나가던 젊은 여성이었고 아이들에게 사랑스런 엄마였다. 남은 흔적
집안 곳곳 남아있었고 감독은 마치 고고학자처럼 할머니 물건을 하나씩 발굴하고
분류했다. 그녀가 살던 집 (주소)인 '306 할리우드'는 할머니를 이해하기위
단서들로 가득한 소중한 유적이었다.

새로 마련한 집에도 유적들이 곧잘 발견되었다. 미국에서 산 오래된 업라이트 피
등나무테이블, 아카데미과학에서 발매한 갤리선 프라모델 등이 나왔다.
철거와 공사를 도맡아 하던 친구가 멋진걸 발굴했다며 조심스럽게 현장으로 안내

GA-720M
MICOM CONTROL

금성!

'유선' 리모콘이 달려있는 '골드스타' 에어컨이 2층 구석에 달려 있었다. 조심스
전원을 켰더니 가볍게 부르르 떨면서 이내 차가운 바람을 뿜어낸다. 겉은 마호가
무늬로 마감되었고 리모컨도 이상없이 작동한다. 9○년대 초에 제작된 모델이니
2○년이 훨씬 더 되었다. 3○년은 별탈 없이 버틸 듯하다. 통영에서 서른번 가까운
여름을 맞이한 셈이다. 내년 여름에는 무리하지 말고 가끔씩 존재감만 보여주세요
잘 모시겠습니다. 어르신!

연이틀 통영친구들과 통영에 놀러 온 친구들 덕분에 호강하다.
어제 저녁에는 야소골 사는 친구가 직접 빚은 탄산 막걸리에 자연산 해산물을
실컷 먹었다. 하루전 통영에 놀러 온 영만형님 일행과 함께 했는데 형님이
친구 어머니 (형님하고는 동갑되신단다) 얼굴을 그려주었다. (결코 예쁘게 그리시는
분 아닙니다.) 오늘 아침에는 나전칠기 소품을 만드는 이웃이 갈치와 생선을
많이 얻었다며 흔쾌히 나눠주었다. 김셰프는 생선 손질이 서툰 날 위해서
갈치와 방어를 깔끔하게 바로 먹을 수 있게 손질해 주었다. 어저께 저녁엔
통영 맛도사 친구가 잘 아는 다찌를 소개해 준 덕분에 영남형님과 통영에
놀러온 내 친구들이 함께 모여 맛있게 먹었다. 친구들은 포도와 복숭아를
박스째 들고 왔다. 봉수골 흑백사진관 사장님은 친구들 사진을 멋지게 찍어주었다.
울라봉 사장님은 차지게 쌍콕을 담아 라떼를 만들었고 함께 먹으라며
케이크와 빵을 서비스로 조용히 내주었다. 통영살이는 가벼운 친절과 인사
그리고 자잘한 챙겨줌으로 가득하다. 통영살이는 사람이다. 사람 없는 통영은
이제 상상하기 어렵다. 그저 고마울 따름이다.

. . . .

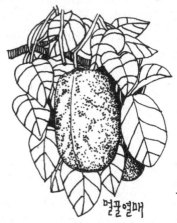
멀꿀열매

"이거 멀꿀나무예요. 귀한거예요."
서울에서 온 친구가 봉수골 집 마당에 자라는
덩쿨을 가리켰다. 나무 무식자로 하마터면
지저분하다며 싹뚝 베어버릴 뻔했다.
무식하니 용감했구나. 나만 그런 줄 알았더니
김 대표도 마찬가지였다...
우리는 뭘 또 모르고 있는걸까.

우리 동네 홍반장
청국이 아빠

어디선가 누군가에 무슨 일이 생기면 틀림없이 나타나는 영화 속 홍반장. 우리 동네에도 그런 친구가 산다. 처음 통영에 오면서 동네 친구를 사귀려고 애를 썼다. 멋진 경치도 5분이면 충분하고 잘 지은 집도 3일이면 금세 익숙해진다. 멋진 경치나 제대로 된 집만 갖춘다고 동네살이가 끝나지 않는다. 가볍게 만나 수다를 떨거나 편하게 밥 먹고 술 한잔 홀짝거릴 친구가 필요하다. 친구나 이웃이 없으면 홀로 남은 섬에 갇혀 사는 꼴이나 다를 바 없다. 친구나 이웃과 더불어 홍반장까지 있다면 더할 나위 없다.

우리 동네 홍반장은 동네 친구들을 사귀면서 자연스럽게 알게 되었다. 친구들이 모일 때마다 동네 막내로 늘 함께 있었다. 20대 초반에 시바견을 키우는데 시바가 주인을 닮았는지 그 반대인지 시바견 만큼이나 짧고 단단하며 늘 웃는 모습이었다. 시바견 이름은 청국이. 청국장처럼 노리끼리하다고 붙였다. 청국이 아빠는 나랑 성과 본이 같다. 게다가 아버지 할아버지 모두 통영 사람이다. 좀 더 털면 족보가 꼬일 것 같아 그냥 형 동생으로 지내기로 했다. 그는 서피랑에서 태어나 통영을 떠난 적이 없다. 친구들은 이런저런 이유로 거의 다 떠나 졸지에 동네 막내가 되어 자의 반 타의 반 불려 다닌다. 과학자나 음악가가 행사하는 날이면 뒷풀이 준비는 따로 시키지 않아도 청국이 아빠 몫이다. 수산회사에서 싱싱한 굴을 사고 새벽시장에서 미리 회를 떠 온다. 행사가 끝나면 뽈뽈이(스쿠터)를 끌고 미리 산 굴을 찾아 마당에서 찐다. 술이 떨어지면 편의점으로 달려가 챙겨 온다. 오랫동안 집을 비운 사이 비라도 내리면 숨겨 둔 우리 집 열쇠를 찾아내 지하실에 물이 찼는지 꼼꼼히 챙긴다.

단순히 형님들 심부름을 도맡아 하는 동네 막내로 그치지 않는다. 몇 달 전 나를 통해 통영을 알고 자주 찾아온 친구들이 함께 돈을 모아 오래된 아파트를 살 때도 손수 집을 알아보았다. 저렴한 가격에 계약할 수 있도록 동네 어르신들을 설득했다. 집 수리할 때도 설비업체를 알아보고 현장에 자주 들락날락하며 까다로운 서울 누나들 요구를 중간에서 잘 조율했다. 이삿날도 서울까지 차를 끌고 짐을 실어 통영까지 옮겼다. 그러다 보니 무슨 일만 생기면 '우리 청국이 아빠한테 연락해야지', '우리 청국이 아빠가 잘 알아서 할 겁니다'라는 이야기를 자연스럽게 하게 되었다.

청국이 아빠한테 급히 부탁할 게 있어 잠깐 만나기로 했다. 통영대교 밑 공원에 있다고 해서 터벅터벅 걸어갔다. 다리 밑 바다를 낀 공원에는 바람이 불어서인지 무척 한산했다. 공이 바다에 빠지지 않도록 철망을 두른 풋살장에서 청국이랑 놀고 있었다. 어쩌면 우리 청국이 아빠도 다른 친구들을 따라 통영을 떠날 수 있겠다는 생각이 들었다. 선뜻 아는 척하지 못하고 한참을 가만히 지켜보았다. 청국이 아빠가 내 쪽을 돌아보고 예의 환한 얼굴로 급하게 인사를 건넸다. 나는 더 격렬하게 손을 흔들어 주었다.

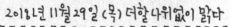

겨울. 통영굴을 먹는 계절이다. 중앙씨푸드 대표님이
굴 수확하고 가공하는 모습을 보여주려고 굴공장에 초대해
주셨다. 통영과 거제 사이 바다밭에서 재배한 굴을 수확해
선별하고 까고 세척하고 포장하거나 가공한다.
공장에 들어가려면 먼저 머리망과 마스크, 가운을 입고
신발은 장화로 갈아신어야 한다. 생각보다 잘 어울려
깜짝 놀랐다.

① 옷부터 갈아입고
머리망과 마스크, 장화를
착용합니다.

② 에어샤워를 하고.

③ 장화바닥을 소독하고

남해안에는 현재 7개 해역이 청정해역으로
지정되어 정부와 미국식품의약관리청(FDA)이
공동으로 관리하고 점검한다. 그중 제1호 해역인
거제-한산만 해역 들머리에서 굴을 재배하고
있다고.

④ 염소액으로 손을 소독합니다.

바다에서 재배한 굴은 껍질을 벗긴뒤 기계와 사람 손을 써서 이물질을
골라낸다. 그리고 정수된 해수로 씻은뒤 냉각멸균 해수에 담아 포장한다.
사서 빡빡 씻지 않아도 된다. 눈으로 따서 보니까 더 믿음직스럽다.
많은 분들이 따서 보고 확인하면 좋겠다. 자 견학을 했으니 이제 맛을 볼 차례

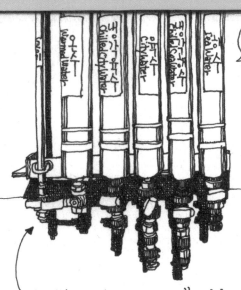

공장벽에 다섯개의 파이프가 붙어있다.
모두 공장에서 굴세척과 포장에 쓰는 물을 공급한다.
온수. 해수. 냉각해수까지 알겠는데 육수는 뭘까.
냉각육수는 또 뭘까. 영문을 보니 'City Water' 수돗물이다!
난 또 고기국물이나 멸치국물인 줄 알았다.
모두 깨끗하게 정제된 물이다.

공장에서 가공한 굴을 싸들고 아주 오래된 장승포 중국집으로 갔다.
가게만큼이나 오래된(!) 사장님이 주방에서 묵직한 뭘 가볍게 돌리며
부지런히 볶아댄다. 화교출신으로 한국전쟁때 1.4후퇴하면서
함흥에서 할아버지, 아버지와 함께 거제도로 피난왔다. 이웃 화교들이
부산으로 떠났지만 그와 가족들은 거제에 남았다. 그 뒤로 장승포 항이
보이는 이곳에서 지금까지 요리를 멈추지 않았다.
사장님은 굴 사장님에게 편하게 말을 놓았고 사장님은 되려 예의 바르게
받아주었다. 사장님은 친절한 말 대신 메뉴에도 없는 굴 요리를 맛있게
내온다. 진짜 친절은 혀가 먼저 느끼는 법이다. 덕분에 50도 넘는 고량주가
아무런 저항없이 매끈하게 넘어간다.

프랑스엔 테루아르,
통영엔 메루아르

'통영하면 굴이지.'

통영에 산다니까 통영 이야기로 말을 거는 일이 많다. 통영은 굳이 와 보지 않아도 한마디씩 거들 수 있는 도시다. 이순신 장군과 한산섬 같은 역사적인 내용이나 '하늘엔 케이블카 땅엔 루지'처럼 지하철에 붙은 광고 문구라든가 쌍욕라떼처럼 잘 알려진 해시태그까지 무척 다양하다. 하지만 한두 번 이상 진짜로 와 봤다면 음식 이야기를 비껴가긴 어렵다. 겨울에는 물메기탕이 끝내준다거나 날이 풀리는 걸 보니 도다리쑥국 먹을 때가 되었다든가 지금쯤 서호시장에 새조개가 한창일 거라고 말이다. 그러면서 해물탕이나 충무김밥을 먹고 통영 음식 별거 없다고 떠들어대는 뜨내기들하고는 다르다고 선을 긋는다. 저보다 통영을 훨씬 더 잘 안다고 추켜세우면 분위기는 금세 좋아진다.

며칠 전 ㅈ대표와 함께 굴 공장을 방문했다. 그는 아버지가 시작한 굴 사업을 이어받아 거제 앞 바다에서 식품회사를 운영한다. 몇 해 전 시집을 낸 시인으로 많은 예술가들을 초대해 맛있는 음식을 먹으며 통영과 예술을 나누고 있다. 통영과 거제 사이 노을이 멋진 바다에서 굴을 길러 수확한 뒤 공장에서 씻고 포장해서 전국으로 판매한다. 공장 외벽에는 커다란 고래가 넘실거리는데 프랑스 작가가 며칠간 머물며 직접 그린 작품이었다. 공장 입구에는 굴 껍데기가 깔린 바닥 위로 생활력 강한 통영 여성들을 묘사한 조각상이 서 있었다. 공장에 들어가기 전 겉옷과 신발을 벗고 하얀 가운을 걸치고 장화를 신었다. 머리 망과 마스크도 썼다. 반도체 공장에나 있을 법한 에어샤워를 마친 뒤 염소액으로 찰랑찰랑한 바닥을 지나며 장화를 소독했다. 손도 깨끗하게 씻었다. 작업하는 사람들은 장갑을 끼고 염소액으로 소독한다. 이런 과정을 모두 마쳐야 공장 안으로 들어갈 수 있었다.

스테인리스로 된 거대한 작업대 위로 굴이 산더미처럼 쌓여 있었다. 위생복을 입은 어머니들이 익숙한 손놀림으로 굴 껍데기를 깠다. 깐 굴은 금속 탐지기와 이물질 제거 기계를 통과하고 혹시 남아 있을지 모를 이물질은 직접 눈으로 확인하고 걸러냈다. 마지막엔 멸균된 냉각 해수에 담아 포장했다. 평소 봉지에 담긴 굴은 먹기 전에 빡빡 씻었는데, 와 보니까 바로 먹어도 될 만큼 깨끗했다.

"통영과 거제까지 이어지는 해안선을 쭉 펼치면 제주도 전체 해안선보다 세 배나 더 길어요. 그만큼 바다가 복잡하게 드나듭니다. 그러다 보니 조금만 떨어져도 바다가 다 달라요. 염도도 다르고 플랑크톤도 다르고 해초도 다르죠. 굴도 바다에 따라 다를 수밖에 없죠. 와인 맛이 토양에 따라 달라지듯 굴 맛도 바다에 따라 달라집니다. 와인에 테루아르가 있다면 굴에는 메루아르(merroir)가 있습니다."

서해안에서도 굴이 자라고 통영 굴과 맛과 쓰임이 조금씩 다르다는 건 알았다. 하지만 같은 통영이라도 몇 킬로미터 떨어진 바다에 따라 맛이 미묘하게 달라질 수 있다는 건 처음 알았다. 그렇다면 굴도 와인처럼 소믈리에(굴믈리에)가 있어야 되지 않을까 싶었다. 그는 싱싱한 굴을 싸들고 공장에서 조금 떨어진 장승포로 차를 몰았다. 아주 오래된 중국 음식점에 도착해 굴을 건네며 메뉴에도 없는 굴 요리를 부탁했다.

뉴욕에 가면 오이스터 바는 필수 코스다. 굴을 주문하면 하프셸(윗 껍질만 벗긴 생굴) 몇 개를 담아 레몬 조각과 몇 가지 소스와 함께 내온다. 입맛대로 소스를 곁들이고 레몬을 살짝 뿌린 뒤 차가운 스파클링 와인과 함께 호로록 마신다. 개당 가격을 매길 수 있을 만큼 비싸다. 그래도 뉴요커와 관광객들은 기꺼이 지갑을 연다. 통영 굴도 'ㅇ바다 굴', 'ㅁ섬 굴'이라는 이름에 자세한 정보와 감성적인 이야기를 곁들이면 어떨까. 취향만 저격하면 가격은 그리 중요하지 않다. 뉴욕에서 먹던 귀하고 맛있는 굴을 산지인 통영에서 바다와 공기, 이야기까지 곁들여 합리적인 가격으로 즐길 수 있다면 몇 배로 행복하지 않을까.

통영 바다를
홀짝이는 밤

"행님. 여수 다녀왔는데요. 쥑입니다. 마 통영 손님 전부 다 뺏겼습니데이."

동문로 카페 울라봉의 주인장은 안주로 내온 갈치조림은 건드리지도 않고 마른 소주잔만 들이켰다. 저녁에는 강구안에 어슬렁거리는 개 한 마리도 없다며 걱정했다. 통영에만 사람이 없는지 보려고 여수에 다녀온다고 했다. 여수에 사람이 많으면 통영만 없다며 열 받을 테고 없으면 여수마저 한물갔다며 기 죽을 테니 갔다 와서 술 많이 마실 거라 짐작했다. 아니나 다를까. 다찌에 도착하자마자 미친 듯이 들이부었다. 여수에는 밤낮으로 관광객들이 몰려온단다.

그는 통영에서 나고 자랐다. 대학을 졸업한 뒤 자그마한 트럭을 끌고 동피랑 입구에서 아이스크림을 팔았다. 돈을 벌어 동피랑 입구에 가게를 얻어 본격소녀감성자극카페 울라봉을 열었다. 라떼 위에 욕을 써 주는 '쌍욕라떼'로 대박을 쳤다. 쌍욕라떼를 주문하면 간단한 설문을 작성하고 인터뷰를 한다. 직업과 나이, 같이 온 사람과는 어떤 관계인지 만약 커플이라면(대부분 그렇다) 요즘 어떤지 물어본다. 기본적인 정보에 주인장 눈썰미를 더해 거품 위에 차지게 욕을 써 준다. 손님들 반응은 그야말로 폭발적이었다. 인스타그램에 '#쌍욕라떼'를 검색해 보면 알 수 있다. 궁금해서 나도 가 보았다. 여자친구가 주문하고 인터뷰했다. 잠시 뒤 라떼 위에는 이렇게 적혀 있었다. '듣다 보면 죄다 지 자랑인 영감'

라떼를 가져다 줄 때는 "한번 웃자고 써 드린 거니 기분 나빠 마시고 마음 편히 즐겨 주세요"라는 말을 잊지 않는다. 함께 온 사람 중에 미성년자가 있으면 쌍욕라떼를 주문할 수 없고 지나친 성적 표현이나 농담은 쓰지 않는다. 몇 해 전 부산의 한 카페에서 무단으로 쌍욕라떼를 팔아 소송까지 갔다. 콘셉트를 도용하는 것까지는 괜찮았는데 유머감각 없이 성적으로 불쾌한 표현을 함부로 써서 손님들 기분을 상하게 하는 모습은 참을 수 없었다. 몇 년 동안 애써 만든 브랜드가 심각하게 훼손될 수도 있었다. 결국 부산 카페는 망했고 두 번 다시 같은 일을 겪지 않게끔 쌍욕라떼를 상표 등록했다. 금딱지가 돋보이는 상표등록증은 카운터 앞에 보란 듯이 모셔져 있다.

작년 4층짜리 건물을 매입해 카페를 옮겼다. 지하는 펍, 1층은 카페, 2층은 베이커리, 3, 4층은 게스트하우스로 설계했다. 멀리서 온 관광객을 통영에 오랫동안 머물게 하려면 쌍욕라떼만으로는 힘에 부치기 때문이었다. 실제로 관광객들은 낮 통영은 볼거리와 먹거리로 넘쳐나지만 밤 통영은 딱히 할 게 없다며 여기 사는 분들은 밤에 뭐 하냐고 되물었다. "우리도 할 게 없어서 친구들끼리 다찌에 모여 소주나 홀짝거린답니다"라고 할 수는 없었다.

여수 밤바다를 넘어 보자, 제대로 된 밤문화를 일으켜 보자는 취지로 통영 밤바다 모임인 '통영야해'를 만들었다. 중앙동 이태리 포차 가두리, 쌍욕라떼 울라봉 카페, 오래된 표구사 삼문당으로 자리를 옮길 준비를 하고 있는 수다 카페, 정량동 수제맥주 펍 미륵미륵 그리고 내 두 번째 공간 봉수골 내성적싸롱 호심이 모였다. 먼저 여성들이 안전하고 깨끗하게 먹고 즐기며 묵을 수 있는 공간부터 만들기로 했다. 또한 가뜩이나 작은 도시에 행사까지 겹치면 손님이 나뉠 수밖에 없다. 서로 일정이 겹치지 않게 정보를 공유하고 홍보도 함께 하기로 했다.

본격소녀감성자극카페 주인장은 통영이 더 섹시해져야 한다고 입버릇처럼 말했다. 맞는 말이긴 하지만 40대 아재라 어째 말할수록 설득력이 떨어졌다. 결국 이태리 포차 주인장이 나서서 메시지를 전달하기로 했다. 통영에서 나고 자란 30대 여성으로 몇 년간 통영거북선호텔에서 일했다.

올봄은 이래저래 무척 바빠질 듯하다.

믿어의 심치 마시게

통영 夜海

이탈리안 포차.

삼문당 플로젝트.

본격소녀감성 울라봉.

명상취향맥주 미륵미륵.

내성적쌰롱 오심.

바다갑성in당동

후반전을 위한 준비

통영으로 옮겨왔지만 일의 무게중심은 여전히 그림이다. 직장을 관두고 그림을 시작한 지 벌써 15년이 되었다. 회사 다닌 기간보다도 길다. 하루가 멀다 하고 젊은 작가들이 새로운 그림을 쏟아낸다. 산뜻한 작품 앞에서 긴 이력은 오히려 촌스럽다. 나이도 쉰 살이다. 서른이나 마흔이 되었을 때와는 확실히 다르다. 멋진 서른과 세련된 마흔은 많았다. 그들을 역할 모델로 삼아 꿈을 키웠고 열심히 달렸다. 그런데 이상하게도 존경하는 쉰은 눈에 잘 띄지 않는다. 반면 꼰대가 되려고 애쓰는 쉰은 차고 넘친다. 나도 꼰대가 될 확률이 높다는 뜻인데 기분이 나쁘다. 악몽에서 벗어나려면 나이를 속이는 수밖에 없다.

고등학교, 대학 동창들은 아들, 딸 대학 붙었다고 카톡을 보낸다. 명예 퇴직했으니 앞으로 잘 부탁한다고 카톡을 보낸다. 카톡을 받은 친구들은 노안이 왔다며 안경을 들어올리거나 돋보기를 꺼낸다. 전혀 섹시하지 않다. 지천명, 하늘의 뜻을 아는 나이라는데 무슨. 때로는 오직 하늘만이 내게 말을 거는 기분이다. 백 살까지 산다 해도 살 날보다 산 날이 더 많다. 생각할수록 우울하다.

모든 사람 머릿속에는 감정을 제어하는 본부가 있다. 기쁨이, 슬픔이, 버럭이, 까칠이, 소심이 다섯 감정들이 불철주야 열심히 일한다. 애니메이션 <인사이드 아웃> 이야기다. 난 기쁨이가 대장이다. 오랫동안 소심이가 대장 노릇을 했지만 그림을 시작하면서 기쁨이로 바뀌었다. 요즘 들어 부쩍 소심이가 다시 자리를 노리지만 아직까지는 기쁨이가 대장이다. '전반전은 잘 했어. 이제 후반전이야. 체력도 많이 떨어졌으니 전략도 수정하고 선수 교체도 해야지. 그래도 막판에는 이 악물고 버텨야 할 거야. 무척 힘들겠지만 걱정하지 마. 지금까지 잘해 왔으니까.'

이제부터 쉰이다. 새로운 일을 흔들림 없이 해내려면 온전히 내 것인 공간이 필요하다. 내 것이 아니면 알지도 못하는 주인에게 꼬박꼬박 월세를 내야 한다. 밖에서 먹고 마시면 공간에 대한 사용료가 가격에 포함된다. 임대료가 오르면 사용료와 가격도 덩달아 오른다. 서울은 이미 오를 대로 올라 말도 못 하게 비싸다. 통영은 서울에 비해 부동산이 훨씬 싸다. 서울에는 있지만 통영에는 없는 공간과 서비스도 많다. 또한 아직까지 묻혀 있는 멋진 이야기들이 통영에는 차고 넘친다. 새롭게 도전해 볼 여지가 분명히 있다. 게다가 요즘에는 취향저격이면 멀더라도 찾아와 흔쾌히 지갑을 연다. 통영에 애써 공간을 마련하려는 이유다.

두 번째 공간은 친구를 비롯해 시민과 관광객까지 함께 즐기는 상업 공간이다. 이중섭이 전혁림과 함께 전시를 했던 '호심다방'에서 이름을 따 왔다. 취향 비슷한 사람들끼리 모이지만 혼자여도 괜찮은 곳이란 뜻으로 '내성적싸롱'이라고 덧붙였다. 앞으로 할 일이 많다. 주택을 상업시설로 바꿔야 한다. 안전검사를 받고 지적도에 맞춰 철거도 해야 한다. 콘셉트에 맞춰 공간도 꾸며야 한다. 돈 들 일만 남았지만 어쨌든 후반전은 시작되었다.

＊ 느즈막한 오후 이른 저녁을 먹고 곁에서 한 바퀴를 돌아보자.

개운하게 뽈락매운탕을 먹으면 절로 맥주가 땡긴다. 안주가 좋고 해장거리도 좋으니 그럴수밖에. 유사향 가득한 수제맥주 딱 한잔만 걸치고 동피랑 아래 동문로를 따라 걸어본다. 섬집이 유난히 눈에 띄지만 특별하지는 않다. 내 맞았나 싶을 무렵 느닷없이 젊은이들 바글바글한 카페가 나타난다. 쌍콕라떼 한잔에 한번 크게 웃어본다.
동문로와 중앙로가 만나는 교차로 건너편이 통제영이다. 항남동 뒷골목에서 옮긴 ㅅ카페가 ㅅ프로젝트로 확장이전한다. 40년동안 아버지가 운영하던 표구사를 문화예술공간으로 바꾼다. 중앙시장에서 벽화마을 입구에 가면 망가진 밥장 벽화를 볼 수 있다. 마지막으로 활어시장 안에 자리잡은 이태리포차에서 통영 해산물로 요리한 이탈리아 음식과 함께 본격적으로 달려본다.

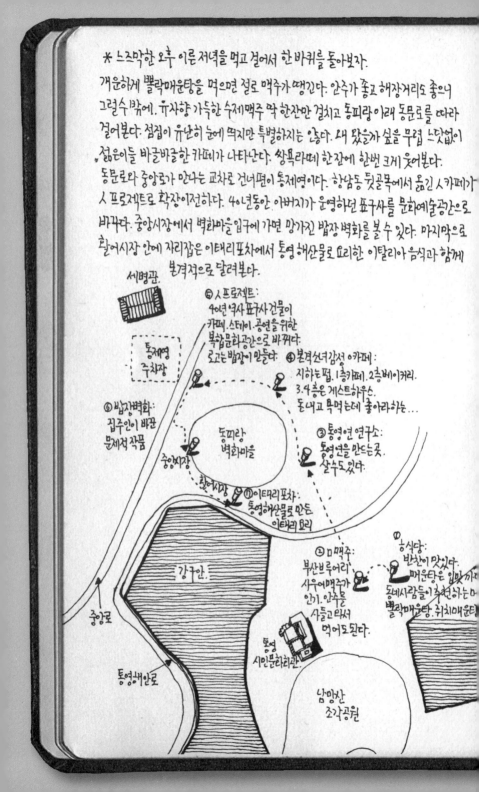

세명관.

⑤ ㅅ프로젝트:
40년 역사 표구사 건물이
카페. 스터디. 공연을 위한
복합문화공간으로 바꾸다.
로고는 밥장이 만들다.

통제영
주차장

④ 본격선녀감성 ㅇ카페:
지하는 펍. 1층카페. 2층베이커리.
3.4층은 게스트하우스.
돈내고 묵먹는데 좋아라하는...

⑥ 밥장벽화:
집주인이 바꾼
문제적 작품

동피랑
벽화마을

중앙시장

③ 통영연 연구소:
통영연을 만드는곳.
살수도 있다.

활어시장

① 이태리포차:
통영해산물로 만든
이태리 요리

② ㅁ맥주:
부산산 루트어리
사우어맥주가
인기. 안주를
사들고와서
먹어도된다.

⑦ 향식당:
반찬이 맛있다.
머운탕은 입맛까지
동네사람들이 추천하는ㅡ
뽈락매운탕. 쥐치매운탕.

강구안

중앙로

통영해안로

통영
시민문화리관

남망산
조각공원

* 차가 있다면 미륵도 한바퀴 둘러보자.

10년 전 달아공원에 갔던 날이 떠오른다. 테크없는 바위위에 걸터앉아 조용하게 일몰을 바라보았다. 하나의 의식처럼 경건하게 느껴졌다. 지금은 너무 유명해서 주말에는 언덕 저 밑에서부터 차들이 늘어선다. 다행히 미륵도에는 아직도 나만 알고픈 호젓한 상소가 남아있다. 천천히 둘러보면 더 잘 보인다.

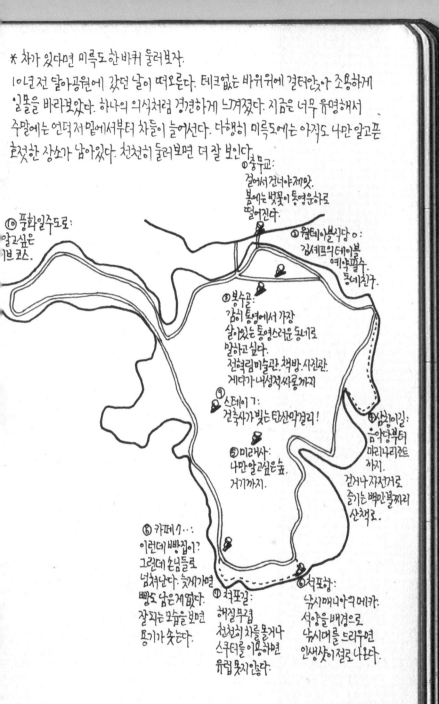

⑩ 풍화일주도로:
알고싶은
1박 코스.

⑧ 통무교:
걸어서 건너야제맛.
봄에는 벚꽃이 통영운하로
떨어진다.

① 웜테이블식당ㅇ:
김셰프의 데이블
예약필수.
동네친구.

③ 봉수골:
감히 통영에서 가장
살아있는 통영스러운 동네로
말하고싶다.
전혁림미술관. 책방. 사진관.
게다가 내성적싸롱까지

⑨ 스테이 ㄱ:
건축사가 빚는 탄산막걸리!

⑤ 미래사:
나만 알고싶은 숲.
거기까지.

② 삼칭이길:
ㅇ야항부터
마리나리젠트
까지.
걷거나 자전거로
즐기는 백만불짜리
산책로.

⑥ 카페 ㅋ…:
이런데 빵집이?
그런데 손님들로
넘쳐난다. 늦게가면
빵도 남은게없다.
잘되는 모습을 보면
용기가 솟는다.

⑪ 척포길:
해질무렵
천천히 차를 몰거나
스쿠터를 이용하면
유럽 못지않다.

⑦ 척포항:
낚시매니아의 메카.
서양을 배경으로
낚시대를 드리우면
인생샷이 절로 나온다.

마지막까지 가만 있지는 않을 테야

통영에 오가는 3년 동안 나뿐만 아니라 친구들도 많이 바뀌었다. 김 셰프는 도남동에 예약제 레스토랑을 오픈했다. 레스토랑에 이어 봉수골에서 최근 비밀 프로젝트를 시작했다. (통영에서 '우리끼리만 아는' 비밀이란 적어도 3백 명은 안다는 뜻이다.) 동네 홍반장 윤근은 재능을 살려 관광두레 청년피디가 되었다. 통영에서 관광이나 마을 공동체사업을 원한다면 일단 만나 보시길. 강구안 뒷골목 카페 수다는 통제영 맞은편 3층짜리 건물로 옮겼다. 오랫동안 아버지가 운영하던 표구사 삼문당을 물려받아 백 년 가게를 꿈꾸며 탈바꿈하였다. 나는 심볼과 로고를 만들어 주었고 수다에서 쓰던 커피머신을 대가로 받았다. 동피랑 입구 2층에 있던 울라봉은 동문로에 5층 건물을 산 뒤 새롭게 문을 열었다. 울라봉과 콜라보레이션을 합친 '울라보레이션'이란 콘셉트로 카페는 물론 베이커리에 펍, 게스트하우스까지 운영하고 있다. 번뜩이는 쌍욕 솜씨가 라떼잔 위에만 머무르는 게 아까워 출판사를 소개시켜 주었다. 원고는 잘 쓰고 있나 모르겠다. 가성비 최고였던 ㅎ호프(라고 쓰여 있던 다찌)는 아쉽게도 주인이 바뀌었다. 하지만 우리에겐 아직 ㅍ다찌가 남아 있다. 월간 다찌는 여전히 밤마다 다찌 사냥에 나서고 있다. 통로는 RCE, 지속가능연대, 사회복지관, 아름다운가게 등과 더불어 '통영은 텀블러다'라는 캠페인을 하고 있다. 집에 남는 텀블러를 모아 깨끗하게 씻은 뒤 통영 공용 텀블러를 뜻하는 '통블러' 스티커를 붙여 행사나 축제 때 일회용 컵 대신 사용한다. 어린이날, RCE 축제, 통영문화재야행 행사에서 썼는데 반응이 무척 좋았다. 스티커 그림은 내가 그려 주었다. 통영야해의 멤버 이태리 포차 가두리의 주인장은 드디어 정식으로 해산물 펍을 열었다. 개업 선물로 입구에 벽화를 그렸다. 옆집에 음식을 가져다 주면 다시 그릇을 꽉 채워 돌려주듯 건축사인 가두리 회장님이 내성적싸롱 건물 용도변경을 해 주었다. 메루아르를 알려 준 굴 식품회사 사장님에게 직접 공급 받은 굴은 내성적싸롱에서 맛있는 굴 튀김 메뉴로 탄생했다. 남해안별신굿을 알리기 위해 캐릭터를 그렸고, 앞으로 별신굿뿐만 아니라 다른 무형문화재나 이수자들과 함께 디자인 제품을 만들어 볼 생각이다. 통영야해 모임에 방송 알쓸신잡으로 유명해진 다찌와 통영 시내에서 차로 30분 남짓 걸리는 작은 동네인데도 일부러 찾아가 먹을 만큼 인기 있는 베이커리 카페도 합세하였다. 밤에 술 마시는 거 외에 딱히 할 일 없는 통영에 새로운 밤 문화를 만들려고 틈만 나면 만나 맥주를 홀짝거리며 수다를 떤다.

　시간과 일, 그리고 부동산까지 통영으로 무게중심을 옮긴 지

3년이 지났지만 여전히 서울과 해외를 오가고 있다. 1년 전 태원준 작가와 친구들이 모여 '여행하고사남'이라는 모임을 만들었다. 한 달에 한 번씩 항공사가 협찬하는 도시로 떠나 글 쓰고 그림을 그린 뒤 기내지에 연재하고 있다. 작년에는 3개월 동안 이란, 인도, 중국을 오가며 실크로드에 관한 다큐멘터리를 찍었다. 지난 6월과 7월에는 나홀로 여행을 떠났다. 이스터섬에서 모아이 석상을 만났고 칠레에서 개기일식을 맨눈으로 보았다. 페루에서는 마추픽추에 올랐다. 통영으로 돌아오기 전 일주일 동안 쿠스코에 머물렀다. 산크리스토발 언덕으로 가는 계단에 오르다 잠깐 정신을 잃었다. '한낮에 왜 갑자기 꿈을 꿀까'라는 의문이 들었다. 누군가 날 급하게 흔들어 깨웠다. 외국인 여자였다. 내게 알약을 먹이고 찢어진 턱 밑에 연고를 발라 주었다. 그제서야 정신이 조금씩 돌아왔다. 그녀는 내가 계단에서 그대로 고꾸라지는 걸 보고 달려왔다고 했다. 고산병 증세였다. 태어나 처음으로 앰뷸런스도 타 보고 페루 의사가 턱도 꿰매 주었다. 다행히 잘 아물었다. 턱에 남은 작은 상처를 만지면 그날이 떠오른다. 호들갑스럽지만 어이없이 갈 수도 있었겠구나 싶다. 삶의 마지막이 언제일지는 모르겠지만 바싹 다가온 기분이다. 게다가 불쾌할 정도로 현실적이었다.

조금씩 바뀌어 간 삶의 모습에 꽤 만족해 왔는데 막상 끝을 생각하니 아직 하고 싶은 일이 너무 많다. 통영과 서울 그리고 여행을 떠나는 삶이 무척 즐겁지만 이걸로만 끝내려니 무척 아쉽다는 생각이 들었다. 고작 20년만 지나면 내 나이 일흔이니, 시간은 이제 내 편이 아니다. 아무리 백세 인생이라고 해도 그때면 '아직 젊은 나이인데 아깝게 죽었네'라는 얘기를 듣기는 어려울 테다. 이제부터 정교하게 계획을 짜거나 몇 년에 걸쳐 준비하기엔 남은 시간이 짧게만 느껴진다. 두려움 반, 설렘 반으로 통영까지 왔다. 그러나 이제 두려움을 내려놓고 마음먹으면 그냥 저지르고 무언가 벌어지는 문제는 그때그때 해결하기로 했다. 바쁜 마음이 또 무슨 일을 벌일지 모르겠다. 하지만 이대로 끝내고 싶지 않다. 앞으로도 끊임없이 통영에서, 또는 새로운 나만의 장소에서 작당하고자 한다. ●

도서출판 남해의봄날 로컬북스 17
이웃한 도시라도 자세히 들여다보면 서로 다른 자연과 문화, 아름다움을 품고 있습니다.
독특한 개성을 간직한 크고 작은 도시의 매력, 그리고 지역에 애정을 갖고 뿌리내려 살아가는
사람들의 이야기를 남해의봄날이 하나씩 찾아내어 함께 나누겠습니다.

밥장님! 어떻게 통영까지 가셨어요?

초판 1쇄 펴낸날   2019년 8월 25일
초판 2쇄 펴낸날   2020년 1월 31일

글·그림   밥장

편집인   천혜란^{책임편집}, 장혜원, 박소희
마케팅   김하석, 원숙영
종이와 인쇄   미래상상
디자인   로컬앤드

펴낸이   정은영^{편집인}
펴낸곳   남해의봄날
                경상남도 통영시 봉수1길 12, 1층
                전화 055-646-0512 팩스 055-646-0513
                이메일 books@namhaebomnal.com
                페이스북 /namhaebomnal 인스타그램 @namhaebomnal
                블로그 blog.naver.com/namhaebomnal

ISBN 979-11-85823-48-5 03810
ⓒ밥장, 2019